Lo
friend.
幼なじみからの
恋愛相談。2
相手は俺っぽいけど違うらしい

「おはよう。学校、一緒に行こうと思って」
Shiori Hinaga
雛形
栞

「りゅっ——りゅ……のすけ」

「せんぱ〜い、来ちゃいました」
Konatsu Honma
本間小夏

「不肖、本間小夏、及ばずながら
先輩のお世話をさせていただこうかと……！」

「と…………とつ、のむら、くんっ……」
三瀬
しのぶ

「その、内緒ね、内緒。
ここで働いていることは」

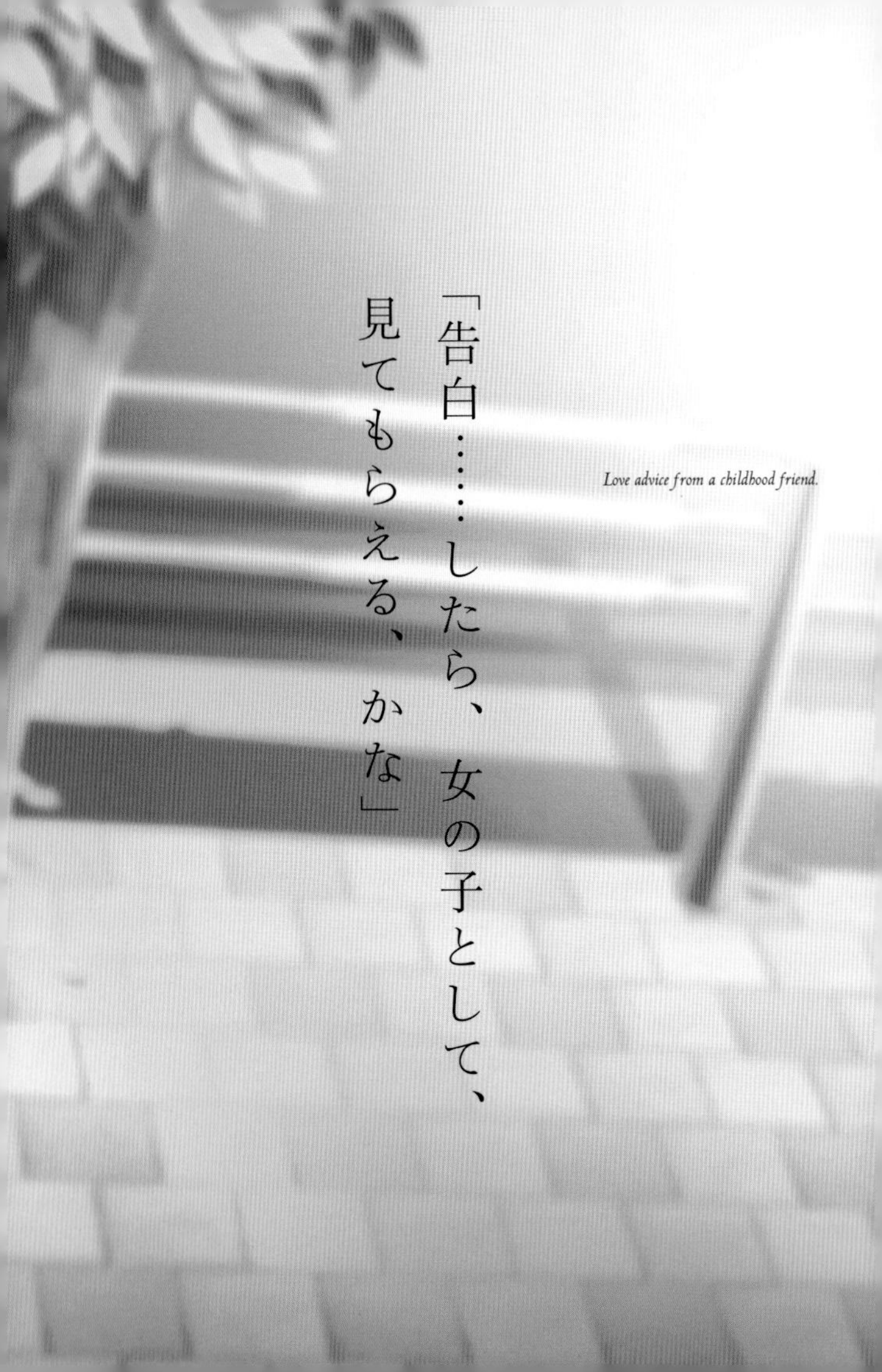
「告白……したら、女の子として、見てもらえる、かな」
Love advice from a childhood friend.

幼なじみからの恋愛相談。2

相手は俺っぽいけど違うらしい

ケンノジ

角川スニーカー文庫

22765

Illustration: Yatomi　Design: Kai Sugiyama

Contents
目次

love advice from a childhood friend.

Volume
2

1　ＢＢＱとかつての秘密基地

日差しが思った以上に厳しく、肌がジリジリと焼けている感覚がある。

携帯で天気予報を調べてみると、降水確率はゼロ。からりとした陽気は嬉《うれ》しいけど、気温は今年に入って一番らしい。

四月も残すところあと少しという週末の土曜日。

ＢＢＱ《バーベキュー》をするためにやってきたオートキャンプ場は、家族連れが大半で、俺たちのように高校生だけの集団は他に見当たらない。

「ゲホッ、ウェーッホ、ゲホン」

ＢＢＱ用のコンロを挟んだ向かいでは、炭に団扇《うちわ》で風を送っている杉内《すぎうち》が白煙に巻かれてむせていた。

「おい、殿村《とのむら》、おまえも気合い入れて煽《あお》げよ」

「気合いなんて入れなくても、着火剤が優秀だからいいんだよ」

と、俺は渡されている団扇で自分を煽ぐ。

「カァー。この楽したがりの現代っ子が」

「おまえも現代っ子だろ」

中学からの仲である杉内と俺の会話に遠慮はまるでない。

こうして俺たち男子が火を起こしている間、女子三人は水場で食材を準備している。

すると、クラスメイトの内之倉《うちのくら》さんがこちらへやってきた。

「うっちー、どうかした？　何か手伝う？」

真っ先に気づいた杉内が声をかけると、内之倉さんは首を振った。

「お金、集めようと思って。あとからだと、適当になっちゃいそうだし」

今回やってきたメンバーだと、一番きっちりしっかりしてそうな内之倉さん。会計を担当させて正解だったな。

バスケ部のエースらしく女子にしては長身で、男子にしては低身長な杉内と並ぶと、多少身長差が出る。

「おい、殿村、金出せ」

「言い方他にねえのかよ。おまえも出せよ」

鞄《かばん》の中から財布を取り出し、俺は内之倉さんに言われた額を渡した。

ここの使用料に炭に食材に飲み物と、総額は結構大きいけど、数人で割ると意外と少なく収まった。

「ありがとう」

「うっちー、オレも手伝おうか？」

「一人でできるから大丈夫」

「そ、そう」

どうやら杉内は、内之倉さんのことが好きらしく、何かあれば接点を持とうとしている。

さっきからずーっとチラチラ見ているのもそのせいだ。

「何でまたＢＢＱなんだよ」

俺はようやく疑問に思っていたことを口にした。

「はぁ？　仲良しが五、六人以上集まったら普通やるだろ」

「どこの普通なんだそれ」

呆《あき》れつつ、ほどほどに火が回ったコンロに網を設置する。

ここまで食材と飲み物を運ぶのは骨だったけど、帰りは楽ができるだろう。

「いやー、女バスがオフの日でよかったー。マジで」

杉内が言うとお金を数えながら内之倉さんが答える。

「うん、そうだね。たまたまこの日空いていたし」

まあ、部活が休みっていうのを知ってて杉内が話を提案したんだけどな。

それはそれで俺も助かったので、これに関しては感謝している。同じ女子バスケ部の雛《ひな》形《がた》も参加が可能になるし。

他の二人を待っていると、本間《ほんま》小夏《こなつ》が何かを手に持ってこちらへ歩いてきていた。

今年うちの高校に入学したばかりの後輩で、同じ美化委員会に所属している。

中学時代、本間が俺のことを好きだったという噂《うわさ》があったようだけど、本当かどうかはわからない。

そう思うのは、本間がアイドルグループにいても違和感のない容姿をしていて、男女隔てなく仲がいいからだ。もし当時俺のことが好きだったとしても、周囲の男子が放っておかないから、心変わりをしていても何ら不思議ではない。

「先輩、これ見てください！」

本間が嬉しそうに俺へ差し出したのは、四つ葉のクローバーだった。

「すごくないですかー？　さっきあそこで見つけたんです」

「本当だ。すげー。久しぶりに見た」

俺が感心していると、本間は流れるような動作で携帯を取り出しパシャっと自撮りの要領で俺と自分を写真に収めた。

「撮るなよ」

「いいじゃないですか。あとで先輩にも送りますね」

目にも止まらない指捌《さば》きで携帯を操作すると、個別にメッセージが送られてきた。

クローバーを持った俺と、アイドルみたいに輝かしいほどの笑顔をする本間が写っていた。

連絡先を交換した覚えはない。今回のＢＢＱ用に作ったグループチャットから俺のアカウントを見つけたんだろう。

「ちゃんと保存しといてくださいね」

「え？　ああ、うん」

「ちらっと見えたけど、本間ちゃん、血眼になって探してたもんな」

ぼそっと杉内が言う。

「えー。全然ですよ？　何言ってるんですかー」

手を口元にやってアハハ、と笑う本間。目の奥が笑ってないように見えるのは俺だけか？

「ていうか、今日本間はどうして来たの？」

微妙に謎だった。

杉内が誘ったっぽいけど。

「えーっ。酷《ひど》くないですかそれーっ！」

3 : 4
POSE
撮影
ビデオ
スロー

ぷん、と怒ったように半目で唇を尖《とが》らせる本間。

「楽しそうだからに決まってるじゃないですか」

「まあそうだろうけど――」

「あと、先輩が食中毒にならないか心配だったんです」

「悲しいあるあるを言うなよ」

その点は大丈夫だと思うけどな。

今も作業をしてくれている雛形栞《しおり》のいる水場にちらりと目をやる。

すると、ふと顔を上げた雛形と目が合った。

雛形が照れくさそうにはにかんで小さく手を振るので、手を挙げて小さく反応した。

作業中邪魔らしく今は髪をくくっていた。

雛形は俺の幼馴染《おさななじみ》でクラスメイトでもある。

疎遠になった時期があったけど、今は席が隣で、昼休憩をともに過ごしたり、登下校を一緒にしたりする仲だ。

周囲からはクールビューティと持てはやされている雛形は、本間と違い交友範囲は限られている。そのせいか、恋愛相談をする相手がいないんだろう。なぜか俺に恋の相談を持ちかけてきていた。

ときどき、それ俺のことじゃね？　って思ったりもする。自意識過剰なだけなんだろうけど。

好きな人と過ごすときのための練習相手として二人で出かけたり、二人の時間を過ごすようになっていくうちに、逆に俺のほうが意識することが増え、ついにというか、なんというか、俺は雛形のことが好きになった。

なったっていうか、なってしまったというか、なっていたというべきか……。

「……先輩、何ニヤニヤしてるんです？」

低～い声で本間が指摘してきた。

「してねぇよ」

たぶん。

ぐにぐにと頬《ほお》のあたりを揉《も》んで無表情に戻しておく。

「むむむ……」

本間は、準備を続ける雛形をちらっと見て眉間に皺《しわ》を作った。

雛形が切った食材を持ってきてようやく全員が揃《そろ》った。

「もうはじまってる？」

俺の隣に雛形が座ると、お茶を注いだ紙コップを杉内が渡した。

「今からだから大丈夫だよ、ひながっさん」

「栞がいてくれてよかった。手際よかったから助かった」

内之倉さんが褒めると、雛形は首を振った。

「ううん。全然。そんなことない」

雛形に料理上手なイメージは全然ないけど、ときどき、雛形が昼食用の弁当を作ってくれる。それで料理の腕が上がったんだろうか。

「……準備、お疲れ」

俺はすでに用意されていた一人分の皿と割り箸を雛形に渡す。

変に声が小さくなってしまったけど、雛形には聞こえていたようだ。

「りゅ……殿村くんも、火起こし、お疲れ様」

おう、と俺は簡単に返事をした。

仕切りたがる杉内が、クーラーボックスの中から肉が入ったパックを取り出し、トングで次々に焼いていく。

「ＢＢＱなんて、久しぶり。小学校のときの、子供会とかそれ以来かも」

雛形が並べられていく肉を眺めながら言った。

「俺もそれ以来かもな」

「誘ってくれてありがとう」

「……どういたしまして」

俺がかしこまった言い方をしたのがおかしかったらしく、雛形がくすっと笑った。

「オラ、イチャつくな！　焼けてるから食え」

杉内がいい焼き具合になった肉をトングで指した。

「イチャついてねえから。言われなくても取るよ」

箸を伸ばそうとすると、本間がそれを遮った。

「あっ、先輩、わたしが取ってあげます」

数か月前まで野球部という体育会や縦社会の権化のような組織にいたせいで、後輩に何かをしてもらうっていうことに抵抗があまりない。けど、これ普通じゃないんだよな。

「いや、いいって。自分でやるから」

「……焼けてるから。これ、食べて」

本間と話をしている間に、雛形が俺の皿に肉を入れた。

「おう、ありがとう」

「いいえ」

口数が決して多くはない雛形が端的に言うと、より冷たい印象になる。

「野菜も焼けてる」

雛形はジリジリと網で焼かれたタマネギを箸ですくうようにして摑《つか》むと俺の皿に入れた。

「ＢＢＱ《バーベキュー》で野菜なんて要らねえだろ」

「食べて。私とくらちゃんが切った」

せっかく切ったんだから食え、と。

嫌いじゃないけど、わざわざＢＢＱで野菜食う必要なくないか？　って肉類一択論者は思うわけだ。

「そうですよ、先輩。わたしたちが切ったんですから、ちゃんと食べてくださいね？」

「本間さんはやってないけど」

氷の矢のような訂正が、本間に突き刺さった。

横目で両隣を見ると、無表情の雛形に対して、本間はぎこちなく愛想笑いをしていた。

反対側はというと、トングを握る杉内が、内之倉さんに肉を取ろうとしていた。

「うっちー、これ、もういいと思うよ」

「ありがと。すぎっちも自分の取ったら？」

「お、おう。そ、そうするわ」

微笑《ほほえ》ましい会話してんなぁ……。

席のあっちとこっちで寒暖差が激しすぎないか。

ふと、おかしな空気になっていることに杉内が気づいたらしい。

「殿村、なんか一発芸してくれよ」

「面倒くせえ先輩みたいな無茶《むちゃ》ぶりしてくるなよ」

それがおかしかったのか、杉内がけらけらと笑った。

食材を食べきりBBQの片づけを終えると、山あり川あり芝生ありのオートキャンプ場で俺たちはバドミントンしたり、フリスビーしたり、キャッチボールをしたりして夕方まで遊んだ。

それら道具は杉内のもので、鞄《かばん》がやけにでかいと思ったら遊び道具を詰め込んでいたらしい。

オートキャンプ場をあとにすると、わいわいと五人で話しながら、最寄りのバス停まで移動した。最寄りっていっても二〇分くらいは歩くんだけど。

迎えを呼んでいたらしい本間が車に乗り込み、最初に別れた。

終バスの数本前の便に乗り込み、しばらくすると、方角の違う杉内と内之倉さんが手を振ってバスを下車していった。

「楽しかった」

二人きりになると、改まった様子でぽつりと雛形がこぼす。

雛形からこの感想を聞くのは、今日これで何回目だろう。

「そうだな」

俺は簡単に相槌《あいづち》を打った。

元来たルートを通ってただ帰っているだけなのに、少し物寂しさがあるのは夕方だからだろうか。

「道具、ほぼ揃ってたもんな」

炭はその場で買ったものだし、俺たちが持ってきたのは食材と飲み物だけ。

バスに乗るまでと降りてからの移動がキツかったけど、クーラーボックスは今は空なので運んでいても全然苦じゃない。

しかし、杉内はあそこをよく見つけてきたもんだ。

調べたら出てくるんだろうけど、段取りもすごくスムーズだった。

「何気に杉内有能かもしれん」

「何気に、じゃなくて、有能」

くす、と雛形が笑みをこぼす。

やっぱり俺は雛形のことが好きらしい。

取り留めのない話題や発言なのに、雛形が笑うと嬉《うれ》しい。

さっきまで普通に会話ができていたのに、そう思うと上手《うま》く返事ができなかったりする。

自宅から最寄りのバス停に降りたときは、もう外は薄暗かった。

無言になった俺たちは、自宅の方角へと歩き出す。

岐路で別れを言おうとすると、雛形はつま先を殿村家へ向けた。

「あれ、こっちは」

「……いい」

何が『いい』なのかはわからないけど、それ以上言わない雛形は肩が触れるくらいの距離に並び直した。

「……まだ、その……二人が、いい」

楽しかった分、一人きりになるのが寂しいんだろう。そっか、と軽く相槌を打って数分ほどの道のりを歩く。

家に帰ってくると、雛形に手伝ってもらいながら外にある蛇口でクーラーボックスを洗う。手元が暗かったので電気をつけ、元々あった場所に逆さにして干しておいた。

車庫兼納屋のようなここには、亡くなった父さんが使っていた物が多く残っている。

あのクーラーボックスは、家族でキャンプをしたときに買ったものだ。まだ覚えている。

結局そのあとは父さんの趣味の釣り用に使われることになったけど。

「ここに入るの、久しぶり」

辺りを見回しながら雛形がつぶやく。

まだ小さい頃、俺たちはよく埃《ほこり》っぽいこの車庫で遊んでいた。車があり、バイクがあり、棚には工具類があり、隅にはスタッドレスタイヤが積まれている。子供の俺たちには身近な秘密基地だった。

「これ、あのバイク？」

父さんの趣味のひとつに、ツーリングがある。

雛形が指差したのは、父さんのバイクだ。今は、埃を被《かぶ》ったシートに包まれている。

父さんがバイクに乗っているところを何度か見たことがあった。大事に乗っていたバイクで、危ないから、とついに俺を後ろに乗せることはなかった。

雛形が言う『あのバイク』というのが何を指しているのか、俺にはピンときた。

そういや、俺はもう一六歳……。そっか、一六歳なんだよな……。

頭の中で確認するように繰り返す。俺は何も言わず、舞う埃にむせながらシートを外すと、見覚えのある中型バイクが姿を現した。

　カラーリングは全体的に黒く、年式は二〇年ほど前らしいけど、ダサくもないし古さも感じない。

「カッコいい」

　雛形の言葉に、俺も「だよな」と同意した。

　ハンドルに雑にかけてあるヘルメットがふたつ。子供の頃届かなかった足は、きちんと地面に着くはず。

　持ち主がいなくなってから何年も誰も乗ってないけど、ちゃんと動くんだろうか。

　シートを元に戻すと、雛形が訊《き》いてきた。

「隆之《りゅうの》介《すけ》……今日は、夜、一人？」

「え？」

　質問の意味がわかりかねて俺は首をかしげた。

「……疲れた。隆之介の部屋で休んでも……いい――？」

　どういう意味だそれ。自分で言って恥ずかしくなったのか、雛形は俺のほうは全然見ないままずっとうつむいている。……耳が赤い。

　返答しようとすると、母さんの車がバックで車庫に入ってくる。仕事から帰ってきたらしい。

「今日は母さんがいる、けど？」

ときどき夜勤でいなかったりするけど、今日の夜はいる。

「や、やっぱりいいです」

慌てたせいかなぜか敬語になった雛形は、疲れたと言っていたのに車庫から出ていき、足早に帰っていった。

もしいなかったら、部屋に上がるつもりだった……？　もしそうなったら、をあれこれ考えていると、車から母さんが出てきた。

「さっきの、琹ちゃん？」

「ああ、うん。あれ片づけるの手伝ってくれたんだ」

気もそぞろに返事をしながら、逆さになっているクーラーボックスを指差した。

「父さんのバイクって乗れるの？」

「車検切れてるし、邪魔だから売ろうと思ってんのよ」

まじかよ。

このバイク、生活費の足しにされかけてる。

あのバイクを売るのは待ってもらうように母さんに言っておいた。

2　持て余した放課後に

雛形《ひながた》はあのことを覚えてるっぽい。

加えて元々俺もバイクには興味があった。父さんの霞《かす》みつつある記憶の影響もあるだろう。

けど、バイクに乗るのには結構金がかかる。

免許に車検。まともに乗れるようになるまでの費用は大きい。

翌日、俺はバイク関連の調べものに勤《いそ》しんでいた。

そんなとき、杉内《すぎうち》からメッセージが届く。どうやらあいつは暇を持て余しているらしい。

『うっちー、誕生日近いらしいんだけど、何あげたらいいんだろ』

ＢＢＱのときの雰囲気からして、脈ありとは思えなかったけど、まったくないって感じもしなかった。

杉内の恋愛にはさほど興味のない俺は、

『ま、頑張れや』

とだけ返した。ら、すぐ既読になり返事が入る。

『待てぇーい！』

テンション高《たけ》ぇ……。字面でもう面倒くさいなってのがわかる。

『なんか知らない？　うっちーが好きそうなもの』

『本人に訊け』

『訊けねえから困ってんだろ！　ふざけんな！』

『いきなりキレんなよ。俺が知るはずないだろ』

『このままじゃ……。おま、オレのセンスナメんなよ!?』

いい意味で使うセリフなんだよそれ。

『バイトしたら金ができて選択肢が増えるぞ。俺もやろうかなってちょっと思ってるとこ』

金がないなら稼ぐしかない。そう思ったので誘ってみた。

『バイト？　めんどい』

……そうかよ。結構名案だと思ったんだけどな。

雛形の部活を待って帰る……それまでの時間を、俺はいつも持て余していた。

ゲームもほどほどにしかしないし、漫画や小説も同じくそうで、一人で時間を潰すのが苦手だった。

杉内がたまにいて話し相手になってくれるけど、いつもそういうわけじゃない。

『頑張る殿村《とのむら》を見ていると、辛《つら》いんだよ、オレ』

『何だよそれ』

『劣等感が半端ない。あいつは頑張ってんのに、オレ何してんだろうって思っちまう』

『じゃ頑張ろうぜ、一緒に』

『だらだらしてえんだよ、オレは』

　あ、こいつさては、自分は頑張らずに他人を自分のところまで引きずり下ろしたいタイプだな？

『内之倉《うちのくら》さんのプレゼント、どうするんだよ』

『小遣いで買えるモンにする。足りなけりゃ小遣い前借りする』

『うわ、ダサ！　小学生かよ』

『るっせぇな！　オレみたいにな！　頑張れねえやつだっているんだよッ！』

「体重乗ってんな、この発言」

　思わず俺はつぶやいた。めちゃくちゃ杉内の魂を感じた。

『作戦会議するから昼飯行こうぜ』

　携帯で確認すると、時刻はもう正午を過ぎていた。

『俺金欠気味だからやめとくわ』

『ノリ悪っ』

『金欠はノリじゃどうにもできねえんだよ』

財布にある全財産は、現在数百円ほど。

杉内に付き合うことはできたけど、ふと、バイクの費用のことが脳裏をよぎった。

今度、余裕ができたときに飯でもおごってやるとしよう。

昼食をとることも忘れて、俺は携帯でバイト探しに没頭していた。

俺にもできそうで、一か月二か月じゃ貯《た》まらないだろうから、中長期的に続けられるバイト……。

内之倉さんの誕生日は知らないけど、雛形の誕生日は七月。

そのときに何か買えたらいいなとも思う。

けど、今までロクに誕生日プレゼントなんてあげたことがなかったのに、今さら贈るのは変じゃないか？　てか何をあげれば——。

「ああ、杉内が悩むのもわかるな……」

あいつはこんな気持ちだったわけか。

小遣いでどうにかしようとしている杉内より、俺のほうがマシだと思いたい。

求人サイトで「高校生可」の募集となると、思いのほか限られてくる。

家の近くで、となるとなおさらだ。

「考えてもしゃーないな」

なんとなく雰囲気がよさそうで、かつ俺にもできそうなところに適当に応募していった。

その日のうちに電話がかかってきたところがあり、面接をいつにするか訊かれ「今日でも大丈夫ですよ」と言うと今日に決まった。

履歴書を準備しろと言われ、俺は慌てて用意することにした。

名前、生年月日に住所、経歴……。

世のアルバイトはみんなこんな面倒くさいもんを書いていたのかと思うと、それだけでちょっと尊敬したくなる。

ようやくできた履歴書を持って、夕方頃に面接へ行ったのは、一駅向こうの隣町にあるファミレスだった。

三〇代くらいの店長を名乗った男性に、裏の休憩室のようなところに連れていかれ、俺は簡単に質問に答えていった。

「履歴書ちゃんと書いてるね。これ、書くの面倒だったでしょ」

口角を上げて、シシシと店長は笑う。

「いえ。全然です」

仕事内容は、表に出ないキッチンスタッフ。

隣町とはいえ生活圏内でもある。学校の知り合いや中学のときの先輩後輩に見つかるのは避けたかったので、キッチンスタッフというのは俺にすれば都合がよかった。

「どう？　仕事内容。できそう？」

「え。あ、はい。やります」

「いつから来れそう？　がっついてごめんね。来週からのゴールデンウィーク、人足りなくてさ」

なんとなくだけど、この店長は嫌いじゃないなと思ったし、断る理由もなかった。

「えと、明日からでも」

「オッケー。その意気やよし。明日月曜で比較的暇だから研修しよう」

……こうして、怒涛《どとう》の勢いで俺の初バイト先と初出勤日が決まった。

「これ、殿村くん。今日から入る新人クンだから」

バイト初日。店長からスタッフに紹介をされていた。

放課後、家に帰り自転車を飛ばしてバイト先までやってくると、店長に制服であるコック服を渡されて着込んだ。

　俺は紹介された先輩たちに挨拶をしていった。

「殿村っていいます。よろしくお願いします」

　ソースか何かで少し汚れたコック服を着た数人が、「うい」とか「よろしく」と返してくれる。

　みんな大学生くらいで、少なくとも俺よりは年上に見えた。

　ファミレスっていっても、ちゃんとこういうコックさん的な服着るんだな、と今さらながら思う。

「じゃあ、殿村くんは……一七時から三瀬《みせ》さんが入るから、その人に仕事教えてもらって」

　よくわからず、はい、と返事をする。

　普段は俺も一七時か一八時入りとなるらしいけど、今日は初日なので早めに来るように言われていた。

　やがて一七時になると、そのミセサンとやらのところへ連れていかれた。

　男性しかいないと思ったけど、ミセサンは女性だった。

「三瀬さん。新人の殿村くん。今日からディナーでシフト入るから。しばらく仕事を教えてあげてくれる？」

快活に頼む店長に、ちらっとこっちを一瞥《いちべつ》した三瀬さんが目をそらす。

「えっ……わたしが、ですか？」

物音にかき消されながらも、どうにか聞こえる小声だった。

「殿村くん高二なんだって。同い年でしょ？　色々と話しやすいかなって思って」

三瀬さんは両手をぶんぶん振る。

「わ、わたしは、全然ダメですよ。お仕事なんて、教えられる立場じゃないですし……」

「大丈夫、大丈夫、三瀬さんなら。前も何人か教えてくれたじゃん」

「そ、そうですけど……」

小声で言って、ちらりと俺を見る三瀬さん。

めちゃめちゃ嫌そうだから、なんか気まずい。

「だ、ダメっていうか無理です。無理なんです。ヤバいです」

また俺をちらっと見ると、すぐに目をそらした。全然目を合わせてくれない。

もしかすると、単に俺が嫌われているだけなんじゃ……。

「前は新人さんにめちゃくちゃ丁寧に教えてくれたんだよ。三瀬さん」

店長がフォローをするけど、三瀬さんは俺から顔をそらしたままだ。

「じゃあよろしくね」と、俺の世話を三瀬さんに押しつけた店長はどこかへ行ってしまった。

「あの、なんかすみません」

新人の相手なんて、面倒なんだろうな。

そう思ったので一応謝っておいた。

「……」

今度はうって変わって俺をじいっと見つめてくる三瀬さん。

はじめて顔をちゃんと見たけど、なかなか整っている。

「殿村くん……？」

「あ、はい」

「三瀬です……」

「あ、はい。殿村です。よろしくお願いします」

「……」

何だ、その間は。

何かに納得したのか、一度三瀬さんは咳払《せきばら》いをして続けた。

「店長はああ言ったけど、わたし、全然アレで、教えるのも上手《うま》くないから……」

謙遜しまくりの三瀬さんは、小柄な体格がますます小さくなっていく。

「大丈夫っすよ。たぶん」

根拠ゼロだけど、とりあえずそう言っておいた。

三瀬……って、どっかで聞いたような。

俺が内心首をかしげていると、俺の適当な大丈夫っすよ発言に背を押されたのか、ようやく三瀬さんはやる気を出してくれた。

「じゃ、簡単な仕事から教えていき、いく……ね」

タメ口にしようか敬語にしようかと迷ったような間があった。

「はい。お願いします」

「まずはさっきわたしがやっていた洗い物なんだけど……あ、メモとか取る？」

俺が何か言う前に、手近にあったメモ用紙とペンを俺に渡してくれた。

「手順、メモしておいたほうが、覚えやすいから」

「あざすっ。メモします」

結果的に、教えてもらった洗い物は、メモするほどでもなかったけど、わざわざ渡してくれた好意を無駄にしたくなかったので、教えてくれたことをメモしていった。

「……野球部って感じ……だね。返事とかが」

「え。そうっすか。もう辞めてるんですけど、よくわかりましたね」

「えっ。え……え？　……あ、それは、ええと、うん……」

しどろもどろな返事だった。

そんなふうに、俺は三瀬さんに仕事をいくつか教わり、教わったことをメモしたりして初日の数時間が過ぎようとしていた。

最初は目を合わせてくれなかった三瀬さんだったけど、終わる頃には普通に話してくれるようになった。

小声だったり、ときどき詰まったりするのは、人見知りなのか元からのようだ。

「お疲れ様。殿村くん、初日どうだった？」

聞いていた上がりの時間が近くなると、店長がやってきて感想を訊《き》いてきた。

「よかったです。問題ないです」

「そりゃ何よりだ。頑張れそう？」

「あ。はい。頑張ります」

「オッケー。三瀬さんは、何だかんだ言うけどちゃんと教えてくれたでしょ」

俺の不安を見抜いていたかのように、店長は言う。

「はい。丁寧だし、親切です」

「うへえっ」

聞いていたらしい三瀬さんが変な声を上げた。

「大好評じゃん、三瀬さん」

「え、えと、あ、ど、どうもです……でもまだ、全然、わたしなんて……」

めちゃくちゃ真面目な人なのはわかったけど、一周回ってストイックなセリフに聞こえる。

「あ、当たり前、なので……親切ってわけじゃ……」

そうか？

野球部に限った話だと、先輩という存在は、怖がられるか尊敬されるかのどっちかでしかなかったから、先輩が親切っていうのは、とてもすごいことに思える。

先輩なのに、横柄じゃない、先輩風を吹かさない、オラつかないってだけですでにすごい。

「色々と気遣ってくれますし、優しいです」

「うへえっ」

また変な声を出した三瀬さんは、小さくなっていった。

「へえ〜。やや、よかった。辞めちゃう人は、二日目に来なかったりするからさ。殿村くんはそのへん大丈夫そうだね」

なぜかニヤニヤしながら店長は俺の肩を叩《たた》いた。

「せっかく採用してもらったんで、すぐには辞めないですよ」

「だろうね」

だろうねって何だ？　何を確信したんだ。

店長が時計を見ると上がりの時間を過ぎたようで、俺はまだ残っているスタッフに「お疲れっした」と挨拶をし、ロッカーで着替えると店を出ていった。

駐輪場に停《と》めた自転車に跨《またが》り、二〇分ほどの帰り道を辿《たど》っていく。

部活の練習とはまた違った疲れがあるけど、嫌な疲れではなかった。

「けど、三瀬ってどこかで聞いたような」

俺は首をかしげながら自転車をこいで帰っていった。


翌朝。制服に着替えていると、家の呼び鈴が鳴らされた。

「あー。はいはい」

小走りで玄関へ向かい扉を開けると、雛形がいた。

「おはよう。隆之《りゅうの》介《すけ》」

「お。おう……おはよう。何で、うちに？」

「学校、一緒に行こうと思って」

「あ、そう……」

好きだってことがバレるといけないから、返した声はかなり低かった。

少しだけ待ってもらい、準備を終えた俺は玄関で靴をつっかけ外に出る。

「ふふ」

雛形が俺を見て小さく笑う。

「え。何」

「寝癖、ついてる」

そう言うと、俺の髪の毛をそっと指ですいた。

「いいって。自分でやるから」

俺は触られたところを手で何度も押さえつけた。

「ふふふ」

たぶん直ってないんだろう。

「全然」

「もういいよ。時間ねえし」

そう？　と首をかしげる雛形から離れるように、俺はすたすたと先を急ぐ。

「昨日の放課後、何してたの」

「バイトをはじめたから、そこでバイトしてた」

「え、バイト？　何の？　どうして？」

興味津々といった様子で、雛形は質問を重ねた。

俺がバイトをはじめたっていうのが、よっぽど意外だったらしい。

「ファミレスの。ちょっと金を貯《た》めたくて」

「何かほしいの？」

「まあ、そんなところ」

バイクの車検を通して免許を取得するとなると、結構な額が必要になる。内緒にするつもりはないけど、わざわざ自分から言う必要もないだろう。

雛形の横顔をちらっと盗み見る。

艶のある長い黒髪が風にあおられ、手で押さえた。同時にスカートの裾も。

少し赤みがかった頬《ほお》に、色素の薄い花びらのような唇。まばたきする度にぱっぱと音がしそうなほど、睫毛《まつげ》が長いのがわかる。

「隆之介？　どうかした？」

「……いや、何でもない」

俺は首を振って顔をそらした。

ここ最近、何か話しかけられても上手く広げられず、「何でもない」って返すことが増えてきてしまった。

いや、今のは誤魔化《ごまか》したいから「何でもない」でよかったんだけど、そうでないときも、話題を終わらせるような言い方になってしまっている。

「どこのファミレス？　今度行きたい」

「俺、キッチンだから、来てもたぶん見えないぞ」

「そっか」

ごそごそ、と雛形が鞄《かばん》をまさぐっている。

俺のほうをちらっと見て、タイミングを計るかのように、何かを言おうとしては、す、と鞄に入れていた手を元に戻す。

躊躇《ちゆうちよ》するような間が続くうちに、学校がどんどん近づいてきて、通学路を歩く生徒も増えてきた。

「りゅっ——りゅ……のすけ」

くいくい、と袖を引かれ脇道に連れてこられると、意を決したように、雛形は鞄から弁当を出した。心なしか、顔が赤い。

「っ！」

無言でずいっと俺に押しつけ、何も言わず小走りで学校のほうへ行ってしまった。

「あ――、ひ、雛形！」

雛形は立ち止まって首だけでこちらを振り返る。

人前で渡すのを見られるのが恥ずかしかったから脇道にそれたのは想像に難くない。

「ありがとな」

俺は何がと言わず、お礼を言った。

雛形はまだ赤い頬をゆるめてうなずいた。仲のいい内之倉さんが雛形を見つけると、二人で並んで歩き出した。

気遣わしげにまたこちらをちらっと見ると、小さく手を振ったので、俺も振り返す。

またあとで教室で会うのに、手なんて振らなくても。

……返してる俺も俺だけど。

弁当は、おなじみのハンカチに包まれている。

数日ぶりだからか、渡したこれまでの経験はリセットされてしまったらしい。ぱっと見かなり緊張した様子だった。

「てか、弁当の渡し方、バレンタインのチョコじゃねえか……」

一大イベント感がすごかった。

「ええっ。はあっ⁉　ファミレスでバイト⁉　マジでっ⁉」

登校すると、先に来ていた杉内が俺の席近辺に陣取っていて、席に着くなり雛形と同じ質問をしてきたので俺は同じように答えた。

「やるって言っただろ」

「マジでやるとは思わなくて……。そういうタイプじゃないだろ、おまえ」

「どういうタイプだよ」

「真面目にコツコツ頑張る系のやつじゃないってこと」

そりゃ、おまえのイメージだろ。

「りゅ……殿村くんは、コツコツ頑張る、頑張り屋さん」

隣の雛形にも話が聞こえていたようで、輪に入ってきた。

「えぇー。そうかな。オレには全然そうは見えないけど。さすが幼馴染《おさななじみ》は、よく知ってるな」

さりげない杉内の言葉に、雛形は自信満々といった顔でうなずいた。

「あと、杉内くん。ＢＢＱ《バーベキュー》の手配、ありがとう。楽しかった」

「どういたしまして。楽しめたようでよかった」

ニシシ、と杉内が笑う。

「う、う、うっちーは、何か言ってた？」

「ううん。何も」

「あ……そう」

かっくん、と杉内がうなだれた。

わかりやすいな、こいつ。

杉内が知りたがっているあの質問を、俺が代わりに尋ねた。

「雛形、内之倉さんって誕生日近いんだろ。何かほしいものってあったりする？」

「……」

和やかな春みたいだった雰囲気が、極寒の吹雪へと変わるのがわかった。

「よく聞こえない」

「ほしいもの。内之倉さんの」

「あ、バカ――」

杉内にゴス、と肩を殴られた。

「いた。何だよ」

「何でおまえが訊《き》くんだよ」

「親切心だろ……」

杉内にはぁー、と特大のため息をつかれた。

「隆之介からのプレゼントはほしくないって、くらちゃんが言ってた」

それはそれでちょっとショックだな。

何でブロックみたいな真似《まね》を……。

「てか聞こえてんじゃねえか」

「……」

雛形はぷい、と顔を背けた。

「ひながっさん、オレは？　オレは？　殿村みたいにブロックされてる？」

「杉内くんは大丈夫。どんどん贈ればいい」

「おーし、オッケィ！」

いや、オッケィって……小遣いでプレゼントマンにどんどん贈る余裕なんかないだろ。

名前を呼ばれた気がしたのか、それとも聞こえたのか、怪訝《けげん》そうな顔で内之倉さんがやってきた。

「どうかした」

「誕生日なんでしょ。近々。俺からのプレゼントって要らない、感じ……？」

おそるおそる訊いてみると、きょとんとした顔をされた。

「何で？　くれるならもらうけど」

「オイ、雛形」

話が違うぞ。

隣を見ても、雛形はまだつーん、とそっぽを向いている。

「あ。なるほど。……じゃあいいや。大丈夫だよ。気持ちだけもらっておく」

何かを察した内之倉さんは、苦笑いで俺のプレゼントを拒否した。

何でだよ……。

贈るつもりは元々ないけど、変な物を贈るつもりもないんだけどな。

それともセンスないって思われてるのか……？　それはそれでショックだ。

つーん、としたまま雛形の機嫌が戻らない。

話しかけづらいのと、そもそもこれといった話題が何もないので、俺も積極的に会話をしようとは思わないでいた。

これまで二人で過ごしていた昼休憩は、俺たちの様子を見た杉内と内之倉さんがやってきて、四人で過ごすことになった。

「おい、殿村……ひながっさんに謝っとけって。明らかに機嫌悪そうじゃん」

「何で」

「何でって。まったく、このおぼっちゃんは……」

やれやれ、と杉内は首を振った。

「栞《しおり》、何で機嫌悪いの？」

「別に、普通」

「嘘《うそ》」

内之倉さんはもぐもぐと口を動かす雛形の頬をつんつん、と触る。

そのとき、む、と雛形が片眉を上げて咀嚼《そしゃく》をやめた。

「りゅ……殿村くん、それ、食べないほうがいい」

それっていうのは、今俺が箸で掴《つか》んだ筑前《ちくぜん》煮《に》のニンジンのことだろう。

「何で？」

「……火、ちゃんと通ってなかった」

「なんだ。それだけか」

そう言って俺はニンジンを口に放る。ボリっとしていて、本来とは違うんだろうけど、食べられないほどのものじゃなかった。

「あ、食べた」

「多少生でも、野菜なら食えるだろ」

自分で料理をして失敗したことがあったけど、これ以上にヤバかった。

それに比べたら、ボリボリいける時点で問題はない。

「美味《おい》しくないから、無理して食べなくてもいいのに……」

「してないって。そもそも無理そうなら食べないよ、俺は」

筑前煮の野菜は、どれもボリっという食感があった。

筑前煮は今まで見たことがないから、たぶん、はじめて作ったんだろう。

「栞にしては、挑戦したね」

弁当のラインナップを見て内之倉さんが言う。

……言われてみれば。

同じ内容の俺の弁当には、和食中心のおかずが詰まっている。

前までは、安定安心の卵焼きと唐揚げ、ミニトマトにブロッコリーというような、定番なものがほとんどだったのに。

「うっちーは、料理とか、する？」

「私？　全然」

「そ、そう。オレ、そこそこできるよ」

「へー」

　さりげなく杉内がアピールしている。本人は成功した、みたいな顔をしているけど、内之倉さんを見る限り、効果はいまひとつの様子だった。

　やがて、弁当を食べ終わり、ご馳走《ちそう》さまをする。

　警戒する猫のような目で、雛形が俺を窺《うかが》っていた。

「雛形的には失敗だったかもだけど、普通に美味しかったよ」

「……」

　雛形の警戒心がみるみるうちに解けていくのがわかった。

「……また、作る」

「ありがとう。よろしく」

　俺は弁当を片づけ鞄《かばん》にしまう。前はそのまま返してくれればいいって言われていたけど、さすがに気が引けるので洗うことくらいはやらせてもらっていた。

「栞、よかったね」

目だけでちらっと内之倉さんを見ると、雛形は唇を結んだまま控えめにうなずいた。

俺の目が悪いのか、頭がおかしいのか、『そうであってほしい』って気持ちが強くなりすぎたせいなのか、雛形はやっぱり俺のことが好きなんじゃないかと思ってしまう。

「ハァ……いいな……手作り弁当」

机の下で杉内が俺を蹴ってくるので、同じように蹴り返した。

「おまえのバイト先に邪魔しにいくからな！」

「お邪魔じゃなくて邪魔なのかよ」

めちゃくちゃ迷惑なやつだった。とはいえ、俺は裏方だし、どの店舗とは言ってないので杉内にはわかるまい。

「殿村くんバイトしてるんだ。何かほしいものでもあるの？」

内之倉さんが何気なく尋ねてくる。

素直に、家にあるバイクに乗ってみたい、と言えばどうってことないんだろうけど、父親の物に乗ってみたいって、なんだか子供みたいで積極的に言いにくかった。

「まあ、ちょっと」

俺が濁すと、内之倉さんは机の下で、何かを伝えるかのように雛形の足を突《つっ》いた。

「うっちー、殿村はオトナのデリバリーしてみたいんだって」

「んなこと言ってねえだろ」

「言ったって。去年。一年のとき！」

「そりゃおまえだ」

呆《あき》れたようなため息をつく内之倉さん。雛形はいまいちわからなかったのか、首をかしげている。

「デリバリー？　ピザとか？」

「栞、そこ掘らないほうがいいよ」

何で？　と言いたげに、また雛形は首をひねった。

直接的な単語はさすがに理解できるけど、言い回しとなるとあまりわからないらしい。

とにかく、誰も得をしない話題だったので、俺は話題を変えることにして、次の授業の話をはじめた。

やがて休憩が終わると二人は自分の席に戻っていった。

教科書とノートを準備しようと引き出しを漁《あさ》っていると、雛形が話しかけてくる。

「相談だけど、男子は、オシャレな女子が好き……？」

んあ？　と顔を上げてみると、思いのほか真剣な表情をしている。

男子はって濁しているけど、雛形はアイツのことが知りたいんだろう。

「男子が全員そうだとは思わないけど」

そう前置きして、自分が感じることを伝えた。

「ダサいよりは、そりゃ」

「そうなんだ」

ふむ、と微妙に困ったような顔をする雛形。

……アイツと出かける予定でもできたんだろうか。

「程度にもよるぞ。ファッションショーに出てくるような奇抜なオシャレっていうよりは……」

なんて言やいいんだ？　具体的な服装だと……。

「ああ、この前の。俺と出かけたときの格好とか、あれくらいならいいと思う」

「ほんと？」

無表情ながら、瞳に喜色が浮かんで見える気がする。

「隆之介は、ああいうのがいい？」

「まあ、そうかな」

目をそらしてうなずいた。雛形の私服は、小学生の頃に見たやつが最後だったからイメージがそこで止まっていたけど、あのときの服装を見て、高校生らしいオシャレをするようになったんだな、と思った。いい意味でそのギャップに驚いた。

「ああいう感じ……」

ぼそっと雛形は口にして、納得したように何度かうなずく。

「いや、俺は、だからな？　俺の話で」

アイツがどうかは知らんぞ。という確認を込めて言うと、小さく微笑《ほほえ》んだ。

「うん。大丈夫」

何が。

「そっか、そっか、そうなんだぁ」

横目にちらっと見ると、雛形の口元が緩んでいる。それを隠そうとしてか、髪の毛で横顔を覆った。

先生がやってきて号令がかかり、授業がはじまる。

真面目な顔で前を見る雛形は、機嫌よさそうに足をぱたぱたとさせていた。

3　三瀬《みせ》さん

放課後になると、俺は一旦帰宅して制服のままバイト先へ向かった。

今日は部活が終わっても一緒に帰れないことを伝えると、少しだけ寂しそうな顔をした雛形《ひながた》だったけど、「バイトがんばって」と言って校内で別れた。

バイト先に着くと、裏口から中へ入る。そこでうちの制服を着た女子の背中が見えた。

「あれ、その制服……」

ぼそっと口にした声が聞こえていたのか、肩をすくめたその子はさささ、と更衣室へ入ってしまった。

……まあ、いなくはないのか。うちの生徒。

着替えながら貼り出してあるシフト表を眺めるけど、顔と名前が一致する人はいない。

さっきの人が今日仕事とは限らないだろうし。

女子生徒のことを頭から振り払い、昨日書いた仕事用のメモを見返して復習する。

まずは迷惑をかけないようにするのが第一目標だ。

キッチンの裏から中に入り「おはざす」と手持無沙汰にしている先輩何人かに挨拶をす

る。

平日はかなりまったりしているらしく、オーダーが入ったときに鳴るピーピーという電子音が、全然鳴らない。

「おはようございます」

三瀬さんがやってきた。

「おはざす。今日もお願いします」

「あ、うん。よろしくね。今日も暇だと思うから、実践よりは研修中心になるかも」

「そうなんですか」

一七時入りの二二時上がり。

これで数千円が稼げると思うと、放課後の暇な時間ってもったいなかったんだなと思う。

「メモ取ったほうがいいから――」

親切丁寧な三瀬さんは、また俺にメモとペンを渡してくれる。

よく見ると、三瀬さんの眉間の下あたりに、何かのあとがある。

「……三瀬さんって、普段眼鏡か何かかけてます？」

「えっ――」

三瀬さんはヘビに睨《にら》まれたカエルみたいに硬直した。

「な……何で？」

「いや、だって、ここ。鼻の上のところ。眼鏡のあとがあります」

三瀬さんは慌てて指でそのあたりをぐにぐにと揉《も》んだ。

「た、たまに、かけるかな……たまに」

「ああ、そうなんですか」

ふうん、と思っていると、ふと働きはじめてからの引っかかった点が線となり繋《つな》がった。

店長は、三瀬さんを俺と同い年の高二だと言っていた。

見かけた制服の女子。眼鏡。三瀬……。

「三瀬さんって、もしかして俺とクラス一緒ですか？」

「うひいっ」

びくん、と固くなった三瀬さんはまた変な声を上げた。

「ですよね」

「違う、います」

何で敬語で言い直したんだ？

今日も見かけたような気が……しないでもない。

席も離れているし、たぶん。

　眼鏡をかけていたと思う。たぶん。

　接点がないので、クラスにそんな女子いたような……？　ってくらい三瀬さんの存在は俺の中では朧《おぼろ》げだった。誰と仲がいいのかも知らないし。

……あ。

　最初自己紹介したときに、「三瀬です」ってちゃんと言ったあれって、もしかして、同じクラスのって言いたかったんじゃないのか。

　そうなら、変な間があったのも納得がいく。教えてないのに、俺が野球をやっていたことも知っていた。

「それならそうだって、言ってくれればいいじゃないですか」

「け、敬語、やめて……わたしなんかに……」

　小柄な体格がどんどん縮んでいくようだった。

「ずっとそうだったじゃないですか。今さら無理ですよ」

「ががが、学校のわたしが、あああ、ア、アレだってバレちゃった……」

　三瀬さんは、今にも泣きそうだった。

「隠さなくてもいいじゃないですか」

「隠すよ……陰キャラでぼっちしてるんだから……」

誰と仲がいいのか知らないのは、仕方ないことだったらしい。

「バイト先とキャラが違うのは、中二病とかネット人格的なことですか？」

俺が直球で尋ねると、

「違う」

直球で否定された。違うのかよ。

「ただ、バイト先がバレるのが恥ずかしかったから……」

「あ、それで眼鏡かけてないんですか？　不便でしょ」

「コンタクトしてるから大丈夫」

バレるのを防止するために、そこまでしているのか。

「殿村《とのむら》くん、いつになったら敬語やめてくれるの……？」

困ったように眉尻を下げる三瀬さん。

そんな顔をされても、こっちだって困る。

「いや、先輩には、ちゃんと敬語使います。同い年でも、先輩にタメ口は無理なんで」

「野球部の悪いところ出てるぅ～」

悪いところじゃないと思うけど、三瀬さんにはかなり都合が悪いらしい。

「三瀬さん。研修、よろしゃす」

「ふぃ……」

はいって言ったつもりなんだろうけど、口元がふにゃふにゃで、変な返事になっていた。

前回もそうだったけど、研修というのは、どうやらメニューを覚えることや、その作り方を教わることを指していたらしい。

三瀬さんが予想した通り店内は空席が目立ち、半分近くの時間を暇で持て余した。

暇は暇でもお金がもらえる暇だと思うと、なんだか得をした気分になる。

一〇分ほどの休憩をもらい、二個一の俺と三瀬さんは休憩室のパイプ椅子に座っていた。

「結構覚えたね」

「実践できるかどうかはアレですけどね」

数枚のメモには、教わったことが書いてある。

「あの、三瀬さん、眼鏡よりもそっちのほうがいいですよ」

「え、何で」

「だって、漫画でよくあるあのパターンじゃないですか、三瀬さんって」

「ど、ど、ど、それは、どういう……？」

「眼鏡取ったら美少女だった的なやつ」

「うへえっ」

三瀬さんはどうやら驚くと変な声を上げる癖があるらしい。

「ぜ、全然！　全然全然全然全然！　そんな、恐れ多い……」

「少なくとも、俺は今のほうがいいと思いますけど」

本人が嫌なら無理強いするつもりはない。

俺の感覚が正しいとも限らないし。

そんな、そんな、と三瀬さんは椅子の上でどんどん小さくなっていった。

「クラスで何かあったら言ってください。できることがあれば何でもするんで」

「先輩至上主義の野球部の悪いところ出てるぅ〜」

余計に困らせてしまったらしい。

「その、内緒ね、内緒。ここで働いていることは」

「あ。それもそうですね」

そのために変装？　しているわけだし。そうか。女の子なのにホールスタッフじゃない理由は、俺と一緒だったんだな。

了解っす、と俺は返事をした。

「殿村くんは、陰キャラでぼっちと学校ではかかわりたくないよね……？」

唐突に剛速球のネガティブを放ってくる三瀬さんだった。

「え、そんなことないっすよ」

「だって、いつも一緒にいる雛形さんや杉内《すぎうち》くんと比べると、わたし、ちんちくりんだし……」

ちんちくりん。なんかその表現久しぶりに聞いたな。

三瀬さんは、いじいじ、とテーブルに置いた携帯を突《つ》いている。

「あー、あれですか、クラスカースト的な話？」

うん、とゆっくりとうなずいた。

「殿村くんは、辞めちゃったけど野球部のエースだった人だし、キラキラしてる。雛形さんも細くて背も高くてクールで綺麗《きれい》で部活も頑張ってて……それに比べて……」

どうでもいいけど、まるでダメな杉内には言及しないんだな。

「わたしは教室では隅っこが定位置だし、バイトない日は真《ま》っ直《す》ぐ家に帰って漫画や小説読んでニヤニヤしてるだけだし……人間としてのランクがすでに違うっていうか……」

三瀬さんはキノコが生えそうなくらい陰《いん》の気配を放っている。

「卑下することないと思いますよ。俺は野球で雛形はバスケが好きだったってだけで、三瀬さんは漫画や小説を読むのが好きっていうだけの違いでしょ」

　カコ、シャン、カコ、シャン、と携帯の画面ロックをしたり解除したりを繰り返していた三瀬さんの手が止まった。

「そう、かな……」

「そうですよ。別に慰めてるとかじゃなくて。俺、小説なんて、年一冊も読めないんですから。集中力ないから全然ページ進まなくて。理解力も大してないし。三瀬さんが野球上《う》手《ま》くないのと一緒です」

　自虐っぽく言うと、放っていた陰の気配が徐々に晴れていった。

「俺だってクラスが違えば余裕で孤立してますよ。前に何度かありましたし。今年は、杉内と雛形がいるから話せる人がいるってだけで、クラスがたまたまよかったんです」

　俺の交友関係はかなり限定的だから友達も片手で数えるほどしかいない。

「そう、なんだ」

「そんなもんですよ。で、意外とみんな、他人に興味ないから、ぼっちならぼっちで堂々としてりゃいいと思います。無理に友達を作る必要もないかなと」

　経験から思ったことを言うと、三瀬さんは相好を崩した。

「えへ。ありがとう、殿村くん」

「いえ、全然。恐縮です」

何のお礼なのかわからなかったけど、対先輩の言い慣れたフレーズが口を衝《つ》いて出た。

休憩が終わると、残りは一時間少々となり、他の先輩たちと適当な雑談をしているうちに今日のバイトは終わった。

……こんなことでお金をもらっていいんだろうか、と思わないでもない。

時間ぴったりになり、三瀬さんに声をかけようとしたらその姿はすでになく、キッチンを出たあたりですでに着替えた三瀬さんと出くわした。

「お疲れ様でした」

「う、うん。が、学校でも、わたしには、敬語……なの？」

「はい」

「うわ。当然、みたいな顔で言われた……」

めちゃくちゃ迷惑そうだった。

「タメ口でいいよ」

「ええっと、可能な限り努力します」

「うん……そうしてもらえると、助かる。学校ではクラスメイトだからね」

「わかりました」

まあ、何かないうちは、接点を持つこともないだろう。

「また、学校で」

俺が言うと、三瀬さんは表情を綻ばせた。

「うん。またね」

そう言うと、軽い足取りで裏口の扉を開けた。

三瀬さんは、たしかにクラスメイトだった。

俺が今まで意識をしていなかっただけだったらしく、座席表には「三瀬しのぶ」という女子の名前があった。

対角線上に三瀬さんの席はあり、接しないでいようと思わなくても、接する機会がないような距離だった。

顔の印象が薄いのは、眼鏡の印象が強いからだろう。

眼鏡が顔の一部かと思えるほどよく似合っている。

朝、俺が来たときにはもう席に座っていて、誰と話すわけでもなく、文庫本を読んだり携帯をイジったりしていた。休憩時間も、昼休憩も同じくそう。

陰キャラでぼっちだと自称していたけど、誇大表現だったわけじゃないようだ。

「？　何を見ているの」

昼休憩中。よそ見をする俺が不思議だったのか、雛形は俺の視線がどこに向いているのか探していた。

「ああ、ううん。何でもない」

「……そ」

つまらなそうに雛形は唇を尖《とが》らせる。

「あそこの三瀬さんって、何か知ってる？」

「ミセサン……？」

怪訝《けげん》そうにまばたきをした雛形は、俺が指差したほうへ目をやった。

「ああ、三瀬さん。よく一人でいる」

ソロ活動は、今日に限った話じゃないらしい。

「三瀬さんがどうかした？」

「えっと」

バイト先の先輩で、と言おうとしたけど、バイト先がバレちゃいけないんだったなと思い出す。

「一人で何してるんだろうなって思っただけ」

「去年もクラス一緒だったけど、友達、あんまりいないみたい」

不憫《ふびん》そうに言うわけでもなく、雛形はただ淡々と口にした。

意図的に作らないってやつもいないわけじゃないだろうから、よくわからないやつにはかかわらないっていう空気が教室にはある。

三瀬さんが、次の授業の準備をしているのが見え、机の中を漁《あさ》り、今度は鞄《かばん》を漁る。

けど、目当ての物が見つからなかったのか、慌てているのがわかった。

おそるおそるといった様子で、こちらを振り返る。

あ、目が合った。

何か言いたげだったけどまた前を向く。で、やっぱりこちらに再度向き直る。

やがて、意を決したように席を立ち、そばへやってきた。

雛形が驚いて目を丸くしている。

「と…………とっ、のむら、くんっ……」

「あ、はい……じゃなくて。——どうかした？」

「次の授業のノート忘れちゃって。授業の宿題、答える番わたしで、でもノートがないからわからなくて、みせみせみせみせ、見せてもらららっても、いい？」

三瀬さんは自分の状況をばーっと早口で俺に伝えた。

「ごめ、ごめんね、おひひひお昼休みに。はな、話しかけちゃって」

めちゃくちゃテンパっていた。

同一人物とは思えないほど、バイト先での落ち着きようとは違った。

学校で接する機会があったとしても、バイト先の三瀬さんとはわからないんじゃないか——それくらいギャップがある。

「いいですよ……いいよ」

「りゅ……殿村くん、宿題してる？」

素朴な疑問を雛形が口にする。

「……」

フッ……してねえ。ノート真っ白だ。

「すみません、三瀬さん。自分、宿題を……」

後輩モードに入った俺を窘《たしな》めるように、違う違う、と小刻みに三瀬さんは首を振った。

「あ、えと。俺、宿題やってきてなくて……雛形、やってる？」

「うん。一応。三瀬さん、当たる番？」

「はい、そうです」

何で雛形には敬語なんだよ。

うつむきがちなせいか、それともイメージなのか、眼鏡のレンズの奥にある瞳は見えず、顔の四分の一くらいは眼鏡の領域となっていた。

「……私ので、いい？　合っているか、わからないけど」

「い、いいい、いい、んですか。わたしなんかが写しても……」

「うん。よければ」

そう言って、雛形は引き出しからノートを出すと三瀬さんに渡した。

「あ、ありがとう、ございます……」

腰が低いというか、なんというか、悪く言うと挙動不審がちなところがあるんだな、三瀬さんは。

「殿村くんのを写すよりは、マシだと思う」

「おい、さりげなく俺をディスんなよ」

俺だって二〇パーくらいの確率で当たるわ。

「すぐ、写して返します」

ととと、と小走りで席に戻り、雛形のノートを写しはじめた。

「どうして、隆之《りゅうの》介《すけ》のところに……」

雛形は不審そうに眉根を寄せていた。

唯一接点があって、話しかけられそうなのが俺だからだろう。背に腹は代えられない苦肉の策って感じだった。

授業で当たることが確定してなければ、話しかけてくることもなかったかもしれない。

三瀬さんは、バイトのことを内緒にしてほしいと言うけど、雛形には言っても大丈夫だろう。

茶化《ちゃか》してイジることもないだろうし。

「実は、三瀬さん……」

俺は、バイト先の三瀬さんの話を雛形にした。

「センパイ？　バイト先でお世話になっている？」

「うん。俺、昨日まで全然気づかなくて。あんな感じじゃないんだ。三瀬さん。バイト先では」

陰キャラオーラはまったく感じない。コック服だからわかりにくいのかもしれないけど。

「先輩……」

むぅぅ、と雛形は目を細めて、どこか不満げだった。

「ということは、バイト中、一緒？」

「そりゃあ、まあ。俺の教育係を任されているし」

「むぅ」

雛形の膨れていた頰《ほお》が、頰杖《ほおづえ》をついたせいで潰れた。

「帰り、送る？　家まで」

「送らねえよ」

どこ住んでいるか知らないし。

「そっか」

どんよりとした表情が、ぱっと晴れた。

わけ知り顔で、雛形は俺を覗《のぞ》き込んでくる。

「隆之介は、先輩のパワハラをパワハラとも思わない忠犬ボーイだから、心配」

忠犬ボーイって。

「パワハラなんてしないよ。そういうキャラじゃないって、わかるだろ」

たしかに、と雛形は納得してくれた。

でも、俺がバイト先で酷《ひど》い目に遭ってないか、心配してくれてるんだよな……？

「ありがとな、心配してくれて」

「……ううん」

雛形がうつむきがちに首を振ると、さらさら、と黒髪が揺れ、シャンプーの清潔な香りがした。

三瀬さんはもうノート写したんだろうか。

ちら、と席のほうを見ると、近寄ろうとして諦めて。また近寄ろうとしては諦めていた。

「光の気が強すぎて、これ以上近寄れない……」

わけのわからないことを言っていた。

おろおろしている三瀬さんに気づいた雛形がノートを受け取りにいくと、三瀬さんはぺこぺこ、と何度も頭を下げていた。

4　乗せたい人

放課後にあった美化委員の活動が終わると、もう陽《ひ》が傾くような時間になっていた。

ナントカという花の苗を手分けして花壇に植えていくという作業は、思いのほか時間がかかった。来月は別の花壇に苗を植えるんだとか。

雛形《ひながた》は終わるや否や部活へ直行。

バイトのない俺が急ぐことなくのんびりと家へ帰ろうとしていると、

「せんぱ〜い」

本間《ほんま》の声と足音が聞こえてくる。

振り返ると、本間は花が咲くような足取りでこっちへ小走りで駆けてきているところだった。

「待ってください」

「どうかした？」

何か用があるのか？

委員会の活動中に本間が話しかけてくることがなかったので、俺への用はとくにないんだと思った。

俺に追いついた本間は隣に並ぶと、息を整えながら言った。

「一緒に帰りましょ」

「まあ、いいけど」

「とか塩対応だけど、ちょっと嬉《うれ》しかったりするんですよね？」

「なんでだよ」

呆《あき》れて思わず笑ってしまった。

「わたし、わかってるんですから。先輩は、後輩のお願いを無下にするような人じゃないって」

どうだろうな、と俺は肩をすくめると、くすっと本間は笑顔になった。

「雛形先輩と一緒には帰らないんですね？」

「毎日ずっと一緒ってわけじゃないからな」

「疑問だったんですけど、先輩ってどうして美化委員なんて入ったんですか？」

至極もっともな疑問だろう。

「お花とか好きだったりするんですか？」

今にも吹き出しそうな顔の本間だった。

もしそうなら似合わねえよな。

俺は苦笑しながら説明をする。

「適当な委員会に入っておけば、面倒な役回りを押しつけられにくかったりするんだよ」

体育祭実行委員とか、学祭実行委員とか。

「美化委員って、今日みたいな活動は月一あるかどうかだし、朝の水やり当番も手分けすると月一程度だし、楽ちんなんだ」

「あー。そういう打算ありきで……」

ようやく合点がいったらしい。

「本間はどうして美化委員なの？」

「わたしですか？　どうしてだと思いますっ？」

俺が興味を持ったのが嬉しかったのか、目をキラキラと輝かせながら訊《き》き返してくる。

「どうしてって……」

本間は過去、俺のことが好きだったという噂《うわさ》がある。

追いかけてきたわけじゃない……らしいけど、本当のところはわからない。

「あー！　もしかして、先輩、わたしが先輩と同じ委員だから入ったって思ってませんか？」

「……」

「あ、これは図星の間ですー！」

「思ってねえよ」

って言ってももう遅いんだろうな。

「もうー、先輩ってば、自意識過剰なんですからー」

と言って肩をぶつけてきた。

「違いますよ。お花とか植物が好きなんです、わたし」

「意外」

「えー？　ひどくないですか、意外ってー」

むう、と怒ったように、本間は芝居っけたっぷりに唇を尖《とが》らせた。

「お水をあげたり、お世話をしたりするのが好きなんです。芽が出て花が咲いたときはちょっと感動するんですから」

「すげーな。俺もだけど雛形も、この手の世話が苦手なんだよな。小学生のときの朝顔とかすぐ枯らしていたし」

世話とその観察日記をつけろっていう夏休みの宿題だったと思うけど、お互いすぐに枯らしてしまったので、途方に暮れたことを覚えている。

「わたし、マメなんです。好きになったら尽くしちゃうんです」

歌うように本間は言う。

へえ、と俺は適当な相槌《あいづち》を打っておく。意外と女子力は高いらしい。

「本間って、家こっちだっけ？」

「あ、はい。お構いなく」

本間はにっこりとひらひらと手を振った。

どこの小学校出身かは知っているので、校区からだいたいの地域は予想できるけど、詳しくは知らない。

「いや、お構いなくって、もうちょっとで俺んち着いちゃうけど……？」

「大丈夫ですよ。お構いなく」

俺が構うんだよ。

「先輩、何か予定があるんですか？」

「予定？　今日はないけど」

「じゃあ、ちょっとだけお邪魔させてください」

「いいけど、何もないぞ？」

「やった」

本間は嬉しそうに両手をぱちんと合わせた。

「あ、いいんです、いいんです、何もなくても」

いいのか？

杉内《すぎうち》あたりの家なら、家庭用のゲーム機があってあれこれ時間を潰すことができるけど、我が家にそれはない。少々漫画がある程度で、お邪魔する場所としては物足りなさがあると思う。

雛形以外の女子を部屋に上げるのは、久しぶりだ。

あれ、部屋片づけてたっけ。見られたらマズいもんは、ない、よな……？

なんてあれこれ考えているうちに、我が家へ到着。

「他にどなたかいらっしゃるんですか？」

「いや、いないけど」

「へ、へえ……」

ガチャリ、と解錠し中へ入る。

俺は玄関先で立ち止まっている本間を促した。

「どうぞ。さっきも言ったけど、マジでなんもないからな」

「ちょ、ちょっと待ってください！」

慌てたように本間は俺に背を向ける。

すーはー、と二度深呼吸らしきことをすると、制服のシャツの胸元を引っ張って、中を覗《のぞ》いていた。

……何してんだ。

大丈夫なやつ？

「セーフです。大丈夫なやつでした」

「気をゆるめることがなかった自分に感謝をしたいです」

「何の話だよ」

「あ、いえいえ、こっちの話です」

手を振って微笑《ほほえ》むと、ローファーを脱いでいる間に、俺はお客さん用のスリッパを出して、二階へと案内をする。

「雛形先輩は、よく来るんですか？」

「最近はそんな来ないよ」

「前はよく来てたんですか？」

「小学校の頃はな」

階段を上がり、一番手前が俺の部屋だった。

「あ、先輩、先輩。中、片づけなくて大丈夫ですか？」

「うん。たぶん」

「エッチなものとか出しっぱなしじゃ……」

「出してねえよ」

「あっ。あるにはあるんですね？」

くッ……こいつ。

「ねえよ」

否定したけどもう遅いんだろうな。

念のため、まずそっと中を覗く。一見してマズいものは出てなかったので、本間を招き入れた。

「そんなに警戒しなくても大丈夫ですよ、先輩。もし見つけても、わたし、『キャー、エッチ！』なんてこと言いませんし」

もし雛形に見つかれば、そう言うか、死ぬほど軽蔑の目で見られそうだなぁ……。

おほん、と咳払《せきばら》いをする本間。

ちょっとだけ頬《ほお》が赤くなっている。

「それに……」

ちょいちょい、と手招きをしてくるので顔を近づけると、少し背伸びをして俺の耳元でささやいた。

「わたし、ちょっとくらい過激でも大丈夫ですから」

っ――、何言うかと思えば。

「過激前提で話を進めんな。フツーだよ、俺は」

「ふふ。なら安心です」

にぱっと笑みを咲かせると、本間はベッドに座った。

「俺、ちょっと飲み物入れてくるから」

「いいですよ。それこそお構いなく。わたし、自分のお水ありますから」

ごそごそ、と鞄《かばん》から飲みかけのペットボトルを取り出した。

「先輩もこれ飲みます？」

「大丈夫」

そう言い残して俺は部屋をあとにした。

本間は、俺のことをからかってんのか……？

比較的仲がいい後輩だけど、先輩としてビシっと言うべきことは言っておかないと。

冷蔵庫の麦茶をグラスに入れて、そのまま部屋へ持って戻る。

「おい、本間」

「あ、おかえりなさい。飲み物いいって言ったのに。わざわざありがとうございます」

こういうところは丁寧なんだよなぁ……。距離感が上手《うま》いというか、なんというか。

「何してんだ？」

上着を脱いだ本間は、勉強机の下に潜って何かをはじめた。

「こういうところにエッチなものがあったりして」

「男友達がやるやつだから、それ。女子はやらねえんだよ、そういうの」

「だって、でも――」

「だってもでもねえよ。ほら、出てこい」

「先輩の趣味を知っておかないと」

「知ろうとすんな」

さっきの俺の感心を返せ。

「女子のくせに何でこういうところは明け透けなんだよ」

「大事なことじゃないですかー」

で、こっちにケツを向けているからパンツ見えそうなんだよ。

「教えてくれたら無理に探したりしないんですよ、わたしだって」

「何で俺が悪いみたいになってんだ」

俺ははあ、とため息をついてベッドに座る。

やがて気が済んだのか、エロいもの探しをやめてようやく机の下から出てきた。

ベッドの隣に座ると、本間は頬を膨らませむくれている。

「わたしは、先輩のことをちょっとでも知りたいのに」

そういう角度から知りたがるやつあんまいねえんだよ。

「雛形先輩のことは、たくさん知っているわけじゃないですか」

「……どうだろう」

そりゃ、小学校までのことはわかる。登下校も遊ぶのも一緒だったわけだし。

けど、女子としての雛形は、あまり知らない。

モテるとか、男子のそういった客観的な評価は知っているけど。

「あいつ、好きな人がいるらしくて。俺、相談受けてるんだよ」

むむむ、と本間は眉間に皺《しわ》を作って険しい表情をしている。

「そんなことを、こっそりと二人で……。先輩ってわけじゃないんですよね？」

「違う、たぶん」

そりゃ、俺だってそうならいいのになって最近思うけど、そんな上手くいかないだろ。

「わたしも、雛形先輩が知っていることと同じくらい先輩のことを知りたいんです。知ってなさそうなところは、もっとです」

だからエロいものを探してたのか。

「先輩は、わたしのことをどれくらい知ってますか？」

「あんまり知らないな。中学の後輩だったたってことくらいしか」

「委員会の後輩なんですから、もうちょっと興味を持ってくださいね？」

「そう、だな……」

俺は納得いったようないかないような、曖昧な返事をした。

「先輩は、キス、したことありますか……？」

「ないよ」

「わたしもです」

意外だな、と隣を見ると、本間はこっちを見つめていた。

無言の時間が続くうちに、本間の顔が火照っていくのがわかる。

「照れちゃいますよ……そんなに見つめられると」

「あ。悪い……」

不意にベッドの上で指先同士が触れる。

首を小さくすくめるときのように、肩のあたりがびくっと反応した。

「先輩……あの……わたし……」

本間の言葉を待っていると、家のチャイムが鳴った。

「ごめん、ちょっと出てくるわ」

「はい」

部屋の扉を閉めて階段を降りていく。

本間は、何を言おうとしたんだろう。

わたあめみたいな空気感だった。ちょっと戸惑ったけど、恋人同士なら……あれって続きがあって……。

本間の笑顔と照れくさそうに赤くなった顔、机の下に潜ったときに見えた白い太ももが交互にフラッシュバックする。

　ぼんやりとしてきた頭を、ぶんぶん、と振ってかき消し、俺は玄関の扉を開けた。

「こんちはー」

「あ、どもっす」

　玄関先にいたのは、自動車整備工場を営んでいる近所のおっちゃんだった。

「父ちゃんのバイク、見せてもらうよ」

「はい、お願いします」

　そういや、母さんがモノを見に近々来るって言ってたっけ。

　まず車検に出してどうにかなるレベルなのか、それを確認してもらおうということになったのだ。

　俺は車庫のバイクのところへ案内し、カバーを外して見てもらうことにした。

　バイクのこともわかるんだろうか、と素人ながら不思議に思っていると、持ってきていた工具でおっちゃんはあれこれ簡単な点検らしきことをはじめた。

「あ。それ、先輩のバイクですか？」

　二階から降りてきた本間がこっちに顔を出した。

「いや、俺のじゃないんだ」

「ボンは乗りたいんだよな、これに」

作業をしながらおっちゃんが言う。

教えたのは母さんだな？　余計なことを……。

「あー……えと、ははは……まあ」

誰にも言わないでおこうと思ったのに、あっさりと本間にバレてしまった。

「乗るんですか、先輩？」

バイクと俺を交互に見つめる本間の目は、興味と期待で爛々《らんらん》と輝いている。

バレたものはしょうがないので、俺は素直に答えることにした。

「うん。その前に免許取らないとだけどな」

「すごいです」

「お嬢ちゃん、ボンのカノジョか？」

「えへへ。はい……」

照れながら肯定するなよ。

「はいじゃねえよ。――おっちゃん、違うから」

俺はすぐ否定すると、あ～、と察したようにおっちゃんは声を上げた。

「付き合う前のデリケートな時期ってわけか」

「はい、そうなんです」

だからナチュラルに肯定するなよ。

「ボンが乗れるようになったら、後ろ乗せてもらい放題だな、お嬢ちゃん」

「おっちゃん、まずは俺が免許取らないと」

それもそうだな、とおっちゃんはガハハと笑う。

胸を押さえる本間は、恍惚《こうこつ》と苦悶《くもん》が入り混じる表情をしていた。

「と、ときめきが……止まりません」

そうぼそっとつぶやいた。

「でも、どうせ雛形先輩を乗せるんですよね。約束とかしちゃったりして」

「それは……。——てか、誰にもまだ言ってないんだ。バイクに乗るって話は」

「え——？　そうなんですか？」

本間が意外そうにまばたきを繰り返した。

そうだよ、と俺は言って、おっちゃんにあとを任せ、車庫を出ていった。

「どうして誰にも言ってないんですか？」

「大げさに隠すことでもないけど、わざわざ言うことでもないかなって」

「じゃあ、わたししか今は知らないってことですか？」

「そういうこと」

つぼみが花開くように、本間の表情がどんどんゆるんでいった。

「これは、わたしと先輩の秘密ですね」

「秘密ってほどのもんじゃないけどな」

俺が苦笑いをすると、小指を差し出してきた。

「先輩、わたし先輩の後ろに乗りたいです。乗せてくれますか？」

「ちゃんと安全運転できるようになったらでいい？」

雛形とのあの日のことを思い出す。雛形とはこんなふうに約束してなかったよな。

「はい。もちろんです。そのときは、お願いします。わたしと、どこか遠くへ行ってください」

「うん、そのときはよろしく」

俺は小指を本間の小指に絡ませた。

「はーっ、ヤバいです。約束しちゃいました……」

本間がすげー嬉《うれ》しそうなのが不思議でならない。

……もしかすると、雛形もこんなふうに「後ろに乗るの、楽しみ」ってな具合で喜んでくれるんだろうか。

「バイクに乗るって、そんなヤバいことなの？」

「評価爆上がりです。わたしにとっては」

「どうして？」

「バイクって大人っぽいし、男らしいじゃないですか。他の男子の移動手段は自転車やバスや電車が大半だから、余計にカッコよく見えます」

なるほど。そういう見方もできるのか。

そんなポジティブな捉え方をされるとは思ってもみなかった。

秘密の約束をしたことに満足したのか、本間は嬉しそうに帰っていった。

バイトをはじめた理由を黙っていたけど、雛形には言っておくか。


点検を終えたおっちゃんが言うには「ちぃとばかし余分に金がかかるかもしれないけど、整備がきちんと済めばちゃんと乗れるよ」とのことだった。

ちぃとばかしのあたりを詳しく訊《き》くと、細かいパーツの状況を教えてくれた。どこのどういうパーツがこうとか、どうとか、話を聞いてもあんまりわからなかった。

まあ要約すると、乗れるのは乗れるけど、車検に引っかかるはずだから整備費用が通常よりかさむ、ということだった。

大まかな費用はいくらか訊いたら、結構高かった。

そう簡単にはあのバイクには乗れないらしい。

そろそろ雛形の部活が終わる頃だったので、俺は落胆を引きずりながら、夜道を歩き学校へ向かった。

門のあたりで内《うち》之《の》倉《くら》さんと別れる雛形を見つけて、声をかけた。

「雛形」

「あ、隆之《りゅうの》介《すけ》」

外灯の下で小さく雛形は手を振った。

「どうしたの」

「部活終わる頃かなって思って」

よくよく考えれば、約束もしてねえのに何迎えに来てるんだよ俺。

「そ、そう……」

雛形は照れたような困ったような表情をしてうつむいてしまった。

「……じゃ、じゃあ……一緒に、帰りましょう」

変に丁寧な言葉遣いになった雛形に促され、俺は隣を歩いた。

何を話そうか困った挙句、ざっくりとした質問しかできなかった。

「最近どう？」

「最近？　調子はいい」

「そっか。……アイツとのことは、何か進展あった？」

無言になるのは避けたくて、思い浮かんだことを俺は口にしていた。

「アイツ？　好きな人のこと？」

「そう。何か変わったことがあったかなって思って」

ううん、と考えた雛形は、悩みをひとつ教えてくれた。

「最近、上手《うま》く話ができない」

上手く話ができない、か。

「……私も、あんまり会話を広げるのが上手じゃないし、何かを訊いてもすぐに話題が終わっちゃう」

どうやら、会話のキャッチボールが長続きしないようだ。

「何でもないとか、大丈夫とか、そう言って濁すことが多いから……私とはあまり話したくないのかなって。素っ気ない感じがする……」

雛形がわかりやすくしょげている。

「秘密主義って感じの人なのか」

って、絶対俺じゃねえな、その好きな人。

「秘密主義かどうかはわからない。……私がただ、知りたくなりすぎて、変なところまで踏み込んじゃったのかも」

ソイツの地雷を踏んだのかも、と心配しているらしい。

「距離感が、難しい」

「わかる」

思わず相槌《あいづち》を打ってしまった。

何かに気づいたのか、じいー、と隣からの視線を感じる。

「隆之介……気になる人、いるの？」

ガラス玉みたいな感情のない瞳が俺をずーっと映している。

「ち、ちなみに、何でそう思うの」

「前、相談したときは、同意なんて全然しなかった。『そんなもんなのか』ってくらいの雰囲気で、話を聞いてくれた」

鋭いな、雛形。

「なのに、今日は実感がこもっている」

探偵かよ。

「マジでいないから」

いないというか、言えないというか。

どこか悲しげに目を細める雛形は、つま先を見ながら歩いている。

話が変わったけど、俺の話じゃなくて雛形の相談だったはずだ。

「話を戻すけど、会話が上手く続かないってことでいいんだよな？」

「……うん」

ううん、と少し考えた結果、俺は閃《ひらめ》いたことを口にした。

「じゃあ、ソイツが興味を持ってそうなことを訊いてみるとかは？」

「興味を持ってそうなこと？」

「うん。好きなことや気になることを訊けば、向こうからすらすらしゃべってくれるんじゃないかなって思うんだ」

「なるほど」

効果的な回答だったらしく理解を得られた。

……けど、この助言で仲が上手くいくかもしれないんだよな……。

って思うと、俺は何で相談なんて乗っているんだろうって思わずにはいられない。

「試してみる」

「頑張れよ」

携帯を取り出した雛形は、何かの操作をする。

さっそくメッセージでも送るのか？

「……最近のプロ野球について、一言」

「は？」

何だ、そのざっくりした質問。

いや、俺も人のこと言えないけど。

戸惑っているのが伝わったのか、携帯画面に再び目をやる雛形。

画面には、検索サイトのスポーツ欄が表示されていた。

「隆之介って、好きな球団どこだっけ」

「俺はとくにないな」

「……そう」

……興味のあることを訊けって教えたそばから、俺に野球の話。

あれ。やっぱ雛形の好きな人って俺なのか？

「強いて言うなら、だけど、一応ある。あるにはある」

「あるんだ。イメージがなかったから、どこなんだろうって思って」

球場に観戦しに行ったことも、実はほとんどない。

「好きな選手がいればその球団を応援するっていう感じ」

「ふんふん。それで？」

なんかグイっと食いついてきた。

「つっても、最初から最後まで試合を観《み》ることはないんだけど……そのチームの試合、うちの地域だと放送してないし。夜のニュースで結果を確認するくらいだ」

「そうなんだ。バスケは、地上波ではほぼやらないから、テレビではほとんど観られない」

「そりゃ、残念だな」

「好きなチームも選手もとくにいないからいいけど」

「いないのかよ」

「ふふ。観てると、眠くなっちゃうから」

「やるのは好きだけど観るのは退屈っていうのは、なんとなくわかる」

「同じ」

ここ最近なかった自然な会話ができているのがわかった。

スポーツに限れば、お互い興味があるから、そこそこ会話が弾むんだな。

「隆之介、こっちは、私の家のほうだけど」

何も言わず別れ道を雛形家のほうへ曲がると、怪訝《けげん》な様子で尋ねてきた。

「送るよ。そこまでだし」

「……あ、ありがとう」

別れ道から雛形家まで、そこまで長くはない。外灯の下を何度かくぐると、雛形家へ着いてしまった。

別れの挨拶をしようかというとき、唐突だけどここしかなかったので俺は切り出した。

「バイトのことなんだけど」

「うん？」

「俺、父さんのバイクに乗ろうと思って、それで、その金を貯《た》めようと思ってるんだ」

雛形があの日のことを覚えていたとしても、会話まで覚えているかはわからない。それも含め覚えていてくれたらいいなと思う。

『乗ってみたいけど怖いからいい。でも隆之介となら乗りたい』

『じゃあ俺がいつか乗せてやるよ』

たしか、小学校の低学年くらい。あの車庫でこんな会話をした。約束とも言えないような簡単なものだけど、俺は今でもまだ覚えている。

「……だから、バイトしてるの？」

「うん」

「そうなんだ。教えてくれてありがとう」

雛形は、月のように静かに微笑《ほほえ》んだ。

これといった反応がないから、会話まではたぶん覚えていないだろう。

「バイクのこと、他に誰か知ってる？」

「本間が」

「……」

すん、と浮かんでいた微笑が消え去った。

「どうして私が一番じゃないの」

不満そうに眉をひそめている。

「どうしてって……何で？」

俺の切り返しは予想外だったのか、返答に困ったような雛形は、「あの」とか「えと」とか、もにょもにょと言葉にならない声を出し、薄暗くてもわかるくらい頬《ほお》を染めて言った。

「お、幼馴染《おさななじみ》だからっ。隆之介のことは、一番に教えてほしいのっ」

そう言い残すと、背を向けて逃げるようにして雛形は家の中へ入っていった。

一番も二番も大差があるとは思えないんだけどな……。

釈然としないでいると、雛形がひょこっと顔を出した。

「お、おやすみ。……またね」

挨拶をし忘れたことに気づいたらしい。律儀なやつだな。

じゃあまたな、と返した俺は帰り道を歩き出す。振り返るとまだ手を振っていたので、俺も小さく振り返した。

5　後輩、襲来

バイトの仕事は、平日がまったりしているから土日も大したことないだろう、と思っていたら、ゴールデンウィークだということを忘れていた。

　シフトに入っている時間はずっと目が回るくらい忙しく、そんな時間を過ごしているうちに、俺のゴールデンウィークはあっという間に終わってしまった。

　連休が明け、数日ぶりに顔を合わせて雛形《ひながた》に何をしていたか尋ねると、全日バスケ漬けだったらしい。

　リーグ戦とやらが終わり、今度はインターハイ予選があるという。

　以前雛形が自分で提案した「二〇点を入れたら出かける」という条件はクリアできていないようだった。訊《き》いたわけじゃないけど、何も言わないのがその証拠だろう。

　休みボケをしたままなんとなく学校が終わり、シフトが入っているので、放課後は帰ると鞄《かばん》を置いて自転車に乗って出勤をする。

　ゴールデンウィークが終わったからか、ピークとされる時間も大したことがなく、まったりと過ぎていった。

「アレですね。終わったあとって、イイ感じの練習したあとみたいな気分になります」

三瀬《みせ》さん以外の先輩に、仕事に慣れたかどうか訊かれたので、俺は思ったことを何も考えずにそう答えた。

「さすが元野球部。マジで脳筋じゃん」

シシシ、と笑う先輩に、俺は首をかしげた。

「えー。そうっすかね」

視線を感じるなーと思うと、棚の陰からこっそり三瀬さんがこちらを覗《のぞ》いていた。

「な、仲良くなってる……!?」

何度も顔を合わせるんだから、多少仲良くもなるだろう。話題もなくなったので持ち場である洗い場に戻ると、三瀬さんが近寄ってきた。

「な、仲良くなるの、は、早すぎじゃない？　まだ二週間くらいしか経《た》ってないよ……？」

化け物を見るような目で俺に尋ねてきた。

「いや、普通だと思いますよ……？」

全然知らない人でもないし、ちょっとした世間話くらい誰でもできるだろう。

「そうやって殿村《とのむら》くんは、クラス替えの度に発生する『気まずい四月』を秒速で乗り越えてきたんだね……」

三瀬さんは遠い目をしながらうわ言のようにつぶやく。

「三瀬さんは、今年はどうですか」

「訊かないで」

「すんません」

平日のバイトでわかったことは、夜の六時から八時がまとまってオーダーが入り忙しくなる時間で、その他の時間はのんびりしているということだ。

なので、慣れつつある俺は、ときどき夜の六時からというシフトもある。

一方、はじめて経験した土日祝日は、ずーっと忙しいときもあれば、わっと集中的に忙しくなるときもあった。

手持無沙汰になり、俺は三瀬さんの学校の様子を思い出して訊いてみた。

「三瀬さんって、学校で小説とか読んでるじゃないですか。オススメとかあるんですか？」

「え、え、えっ、殿村くんも小説何か読んでみたい感じ!?」

うおぉぉ、目の輝きがすごいっ。仲間を見つけたような、そんな期待感抜群の目だった。

「気が向いたときにでもって感じで……何かオススメあるんですか？」

「あるよ、あるある。こ、今度学校に持ってくね！」

「うす。お願いしゃす。簡単なやつからで、ひとつ」

「うんっ、うんうん、初心者でもイケるやつ選んでくるから！」

かつてないほど三瀬さんが興奮してらっしゃる。

「あー、でもどうしようかな。アレもいいし、コレもいいんだけど、うううううううん」

楽しそうに悩んでいらっしゃる。

「普段からこんな感じなら、学校でも友達できると思いますよ」

「へぁえっ」

「顔、ちゃんと見せたら整ってるし、話しかけづらさも減ると思います」

「ふひゃあ」

両手で顔を覆って三瀬さんは背を向けてしまった。

「と、殿村くんは、わたしとは、友達……？」

「ここでは先輩後輩ですけど、学校では……まあ、はい。友達と呼んでも差し支えないかと」

「じゃ、あの、れ、連絡先、こ、交換し、しゅる？」

……最後噛《か》んだな。

自覚があったのか、三瀬さんの顔色が下から上へどんどん赤くなっていった。

「携帯ロッカーなんで、終わってからでいいですか？」

「うん、うん、わたしなんかと、連絡先交換しても大丈夫……？」

「え、何でですか？」

「だって、連絡先一覧で陰キャラはわたしだけでしょう？　殿村くんの輝かしい連絡先一覧が、くすんだりしない？」

「しないですよ」

　どんな心配だよ。

　デザートの注文が入ると、ちょうど先日教わったメニューだったので三瀬さんに監修してもらいながら作っていった。

「どうすか」

　ゴールデンウィークを経験した俺をもう新兵とは呼べないだろう。

「手際もいいし、完璧。わたしが見てなくてももう大丈夫だね」

「あざす」

　仕事のことになれば頼りがいがあるのに、不思議な人だった。

　ホール担当の先輩に作ったデザートを渡すと、店の奥に店長の姿が見えた。

　気づいた俺に先輩が教えてくれた。

「あ、なんか今日面接の子が来るんだって」

「へえ、そうなんすか」

俺のときみたいに、休憩室で面接するんだろうな。

そう思いながら運ばれてきた皿やグラスをおおまかに洗い、大型の洗浄機に入れる。

「へぇ～。裏ってこんな感じなんですねー」

「表と違って薄暗いけどね」

店長との会話が少し漏れ聞こえた。

どうやら面接にやってきたのは、女の子らしい。

先輩方が予想するに、俺がキッチンに入ったばかりだからホール担当だろうという話だった。

というか、三瀬さんみたいにキッチンを担当する女の子はさほどいないらしいから十中八九そうだろう。

一〇分ほどすると、廊下に通じる扉が開いた。

店長が面接の子に案内をするため入ってきたようだ。

「こっちが、キッチン。ホールの子は、こっち側から入ることはあんまりないと思うけど」

「はーい」

朗らかな返事が聞こえる。

俺もどんな子が入るんだろうと気になって見てみると、

「あー！　先輩じゃないですかー！」

学校の制服姿の本間《ほんま》だった。

げ。何で本間がここに……⁉

バイトしてる姿を他人にあんまり見られたくないからここを選んだのに。逃げる暇もなくバレちまった……。

「バイトってここでされてたんですね」

観念した俺は、普通に応対することにした。

「あ、うん」

「わたしもお世話になるんです」

それじゃあ、と本間は機嫌よさそうに手を振ってキッチンをあとにした。

マジか……新しく入る子って本間のことだったのかよ。

今度行くから教えてくれよ、って先週くらいに杉内《すぎうち》にしつこく訊かれたから渋々答えたくらいで、雛形にも店舗は言ってない。

まあ、バイトしようと思えば、地域的に被《かぶ》ることは珍しくない、のか……？

「めっちゃ可愛《かわい》かったな」

「ＪＫで制服であの可愛さ……エロくね？」

「今度告白しよう……」

三瀬さんを除くと男しかいないので、下世話な発言がキッチンでは飛び交っていた。

「と、殿村くん、あの子、先輩って呼んでたけど……？」

三瀬さんが、深刻そうな顔で尋ねてきた。

「はい。中学からの後輩で、四月にうちの高校に入ってきた一年ですよ」

「っ……」

なぜか三瀬さんは衝撃を受けている。

「あんなキラキラオーラ発しまくりの、子が……？」

目を右に左に泳がせて、三瀬さんは慌てているようだった。

「殿村くん、これからもわたしを見捨てずに仲良くしてくれる……？」

「いや、何なんですか、急に。何をそんなに大ごとにしてるんですか」

「ミジンコは、輝かしい青春オーラを出されると近づけなくなるから」

ミジンコっていうのは自分のことらしい。

「ああ……。俺が三瀬さんから元々仲が良いっぽい後輩に仲良くする相手を乗り換えるかも、と思っている……？」

ぶんぶんぶん、と激しく首を縦に振る三瀬さん。

「そんなことないですよ。別に一人限定ってわけじゃないですし」

「そ、そ、それもそうだね……」

ほう、と安心したように三瀬さんは息をついた。

終わったあとは別としても、本間はホール担当。雑談するタイミングなんて仕事中はほとんどない。

「殿村くんとせっかく仲良くなれたのに、しゃべってくれなくなると、悲しいから……あ。もしかして仲良くなったと思っているのはわたしだけってオチではっ」

「そんなことないですよ」

ネガティブが半端ないな、この人。

「殿村くんは、陰キャラと仲良くなったフリをして、関係をゼロに戻すっていうタチの悪い遊びをしていたりして……？」

最低じゃねえか。俺どんだけ悪いやつなんだよ。

本間を見かけただけで、三瀬さんの被害妄想のスイッチがオンになってしまったらしい。

「雛形さんとも、本当は裏でわたしのことを……」

「ないない、ないですから」

ちょっとめんどくさい三瀬さんだった。

でも終わったあと連絡先を交換すると、上機嫌にとても喜んでいた。

バイトが終わり、店の裏口から出ていくと、そこには本間がいた。

「先輩、お疲れ様です」

「おう、お疲れ。……何してんの？」

「何って……わかりませんか？」

小首をかしげて自信ありげな笑みを覗《のぞ》かせる。

「まさか……ここから帰るであろう先輩たちにはじめましての挨拶を……」

なんて偉いんだ。後輩力が高いと言わざるを得ない。

「先輩、わたし、そんな殊勝なキャラじゃないんで」

いやいや、とあっさり否定されてしまった。

「先輩にこのバイト先のことを色々と教えてもらいたいなって思ったんです」

あー、なるほど。

入ったばかりのときは、雰囲気とかよくわからないもんな。

「いいよ。っつっても、俺もはじめたのは最近でまだ一か月も経《た》ってないんだけどな」

苦笑しながら、自転車の鍵を開けて押していくと本間も並んで歩いた。

「何であの店だったの？」

「いけませんか？」

「そうじゃないけど、何か理由があるのかなと思って。時給が特別高いわけでもないし、知り合いがいるってわかってたわけでもないだろ？」

「理由、ですか。……そうですねぇ」

ううん、と人差し指を顎のあたりにやって本間は少し考えているようだった。

そして、腕をするりと絡めてニコリと笑った。


「先輩があそこにいるから、一緒にいたくて来ちゃいました」


「え」

「――って言ったら、迷惑ですか？」

首をかしげて本間は俺を下から覗き込むようにする。

「いや、迷惑じゃねえけど……え？　本当は？」

って言ったら、だもんな。それが本当の理由じゃないってことくらいわかる。

見た通り、俺はキッチンスタッフ。本間と仕事中にかかわることは少ないし、本間に仕事を教えられるはずもない。

すぐに腕をほどいた本間は、さらりと言った。

「家がお店から近いんです」

「あ、それで。本間んちってどこ？」

「ここからだと一〇分ちょっとのところにあって——」

なるほど。バイト先にここを選ぶのは無理のない話だったわけだ。

そんな家の近所でバイトなんて、俺ならできない。本間はホールスタッフで接客や配膳を担当する。ご近所さんに顔を指されたりするの、嫌じゃないんだろうか。

「近いなら送るよ」

もう夜の一〇時を過ぎているし、田舎とはいえ、何かないとも限らない。

提案が予想外だったのか、本間はぱちぱちとまばたきを繰り返した。

「んもう……そういうところですよ、先輩……」

くすぐったそうにつぶやくと、

「先輩の送《おく》り狼《おおかみ》っ」

ぺしぺし、と本間は俺の肩を叩《たた》いてくる。

「わたしの家、今日は家族みんないるんですからね！」

「いや、上がらねえよ。家の前までだって」

「冗談です」

本間は上機嫌そうにくすっと笑った。後ろをちらりと振り返ると、微妙そうな顔をする。

「先輩……座敷童《ざしきわらし》みたいなのがついてきているんですけど」

座敷童？

後ろを振り返ると、三瀬さんが一人で歩いているところだった。

「座敷童じゃねえよ。三瀬さん。俺のクラスメイトでバイト先では先輩だ」

「先輩と仲良さそうにしていた人ですよね。その三瀬さんって、帰り道はこっちなんですか？」

どうだろう、と俺は首をかしげた。

「あのー、三瀬さん？　帰り道、こっちなんですか？」

思いきって話しかけてみると、びくっとした三瀬さんは電柱の陰に隠れた。

「ど、どうぞ……わたしには、お構いなく」

そう言われても、中途半端に後ろをついてこられるほうが気になるんだよな。

「途中まで一緒に帰りませんか」

「わたっ、わたし、お邪魔だから」

うんうん、と本間がうなずいていたのが見え、俺と目が合うと首肯がぴたりと止《や》んだ。

「本人がああ言ってますし、強引なのもどうかと思いますよ、先輩」

無理強いはしたくないので、俺は本間の言に従って歩きだした。

本間は、本当に働いている俺を目の当たりにして驚いたという。

「話には聞いていましたけど、ちゃんとバイトしてるんですね」

「まだ全然見習いだけどな」

俺に比べると三瀬さんはすごい。何でも知っているし、どれだけ忙しくても淡々とミスなく仕事をこなしていく。

「先輩って、基本単純ですよね」

「へ？」

「先輩信奉者というか、『先輩』という存在に対するリスペクトがすごいというか」

それはあるかもしれない。

「けど、自分よりすごい人を尊敬するのは普通だと思うぞ」

「素直にそう思えるのはいいことではあると思うんですけど」

そこで言葉を切ると、ぼそりと本間は言う。

「あんまり言うと変に懐かれちゃうんじゃないですか？」

「懐かれるっていうか、それは俺のほうな気がするけど」

「だ、ダメですよっ」

珍しく慌てたような本間は首をぶんぶんと振る。

「何で？」

「勘違いさせるかもしれないじゃないですか！」

「勘違い？」

「もー、わからない人ですねー」

と呆《あき》れたように本間はゆるく首を振った。

「あのですね、先輩って自覚ないと思いますけど、優しいんですよ。三瀬さんがそれを自分への好意だと捉えてしまうかもしれないじゃないですか」

本間が言うには、友達の枠を超えた感情を持つかもしれないとのことだった。

好意はたしかにある。恋愛感情のそれではないのは当然として。バイトではよく助けてくれるし、親切だし、暇になったら雑談相手にもなってくれる。

いい先輩なんだよな、三瀬さんって。

そんな人に好意的な感情を持つのは仕方ないことだろう。

「勘違いさせるなってことか」

しないと思うけどなぁ。

「本間がただ恋愛脳すぎるだけな気が」

「はぁぁぁ……」

これ見よがしに巨大なため息をつかれた。

「自覚がない人はこれだから……もう」

悪かったな、自覚がなくて。

三瀬さんのキャラを知ってくれれば、そんなことにはならないとわかるはずなんだけどな。

ちらっと後ろを見ると、三瀬さんは距離を空けてまだついてきている。

この方角だと駅がある。もしかすると電車で帰るのかもしれない。

店長や他のバイト先の人について話していると、駅への岐路に立った。

「三瀬さん、駅のほうですか？」

いきなり話しかけられて驚いたのか、小刻みに何度もうなずいている。

もう少しすれば駅舎が見えて、通りはどんどん明るくなるから一人でも大丈夫だろう。

……というか、いつもあの道を一人で帰ってたんだな。

「じゃ、俺たちこっちなんで」

「あ、あ、うん。お疲れ様」

「お疲れ様っした。また、明日、学校で」

ぱあ、と表情を明るくした三瀬さんはうなずいて手を振った。

「行きましょ、先輩」

本間も小さく会釈すると俺を促した。

人目もないし、自転車の後ろに乗るか訊《き》くと、本間は首を振った。

「とぉぉぉぉっても魅力的なご提案なんですけど、やめておきます」

「意外と真面目なんだな」

「交通ルールがどうとかっていう意味ではなく、すぐ着いちゃうじゃないですか。家に」

「そりゃそうだろ」

「それが困るって言ってるんです」

ハンドルを持って両手が塞がっているところに、本間が腕を絡めてきた。

「人がいないからって、おまえ……」

「学校や委員会中は氷属性の怖い門番がいて、なかなか近づけませんから、こういうときくらいいいじゃないですか」

　氷属性の怖い門番……雛形のことか。門番かどうかはさておいて、氷属性っていうところでピンときた。

「独り占めできることなんてそうそうないんですからね？」

　本間は上目づかいで真《ま》っ直《す》ぐに見つめてくる。

「独り占めって……」

　普段雛形に独占されているつもりはないんだけどな。

　わかったよ、と俺は降参するしかなかった。

「あ。見えてきましたよ。あそこが、わたしの家です」

　住宅街の一画を指差したけど、暗いのもあってなんとなくしかわからなかった。

　今日は両親がいて帰りを待っていることや、門限の都合でバイトをはじめるのは反対されたことなどを教えてくれた。

　本間家は案外きちんとしているらしい。

　明かりがところどころ灯《とも》っている洋風の一戸建ての前で本間は足を止めると、瀟洒《しょうしゃ》な小さな外門を開けて中へ入っていく。

「上がってもいいんですよ？」

「ご迷惑だからやめておくよ」

「もぉ、礼儀正しいんですからぁ」

唇を尖《とが》らせる。

「先輩、ひとつ知れましたね、わたしのこと」

「そうそう来たりしないから、安心してくれ」

苦笑すると、俺はサドルに跨《またが》った。

「わたしは、行ってもいいですか？　先輩の家」

「いきなりは困るけど、どうして？」

「嬉《うれ》しいことや、楽しいことや、悲しいことがあったら、先輩に話したくなっちゃうんです」

「電話やメッセージならいつでもいいぞ」

面と向かって話さなくても、とつい思ってしまう。

「んもー、そういうことじゃないんですっ」

本間は小さく舌を出した。

よっぽど俺は見当違いのことを言ってしまったらしい。

「早く家入れよ。遅くなると怒られるんだろ？」

「あー。ひどい！　可愛《かわい》い後輩に！」

俺が厄介払いをしていると思ったのか、本間はいたずらっぽく怒った。

本気で怒ってないことがわかったので俺の謝罪も軽かった。

「悪い悪い。俺も遅くならないうちに帰るわ」

じゃあな、と俺は自転車をこぎだした。

家に帰って携帯を確認すると、投げキッスをしているウサギのスタンプが本間から送られてきていた。受信時間からして、俺と別れてすぐに送ったようだった。

6　変化しつつある日常

　もし弁当を作ってきてくれているなら普通に渡してくれ、という俺の要望が叶《かな》ってか、雛形《ひながた》は朝の合流したタイミングで弁当を渡してくれた。

　毎日というわけではないので、そこまで気を遣わなかったけど、食材費や手間を考えたら結構なことだというのは簡単に想像できた。

「三〇〇円でどう？」

「要らない」

　とまあこんなふうに、俺は弁当に値段をつけて買おうとするけど、雛形は一切受け取ろうとしない。

「良心が痛むんだよ、俺でも」

「ううん……」

「部活で大変だろうし、朝起きて頑張って作ってるかと思うと……」

「……が、頑張ってない。ちょちょいのちょい。私にかかれば、余裕」

　と、手際の良さをアピールする雛形。

ほんとかよ。

俺は正直怪しいと思っている。

砂糖と塩を間違えて入れたことが一回あったしな。それがわかったのが昼休憩。雛形のキャラからは想像できないくらい大騒ぎをした。

「お母さんも、食材費は要らないって言ってるから」

「そう？」

おばさんが言うなら、いいか。

弁当については気にしなくていい、ということでまとまった。まあ、何回も同じやりとりはしていたんだけど。

登校し自分の席に着くと、俺はこの前の相談について尋ねてみた。

「この前の、話が続かないっていうの、どうだった？　何か成果あった？」

……自分のアドバイスだけど、手応えはないほうが嬉しい。

「うん。上手《うま》くいった」

思い出してか、雛形は頬《ほお》をゆるめている。

「そ、そっか。上手くいったか……」

正面からきちんと助言をした立場からすると、手助けになれてよかった、と思えるんだけど、進展されるとめちゃくちゃ嫌だし困るんだよなぁ……。

「りゅ……殿村《とのむら》くん、ありがとう」

その笑顔は俺にとっては複雑でちょっと辛《つら》い。

「……どういたしまして」

「……」

俺は全然嬉しい展開じゃないので、顔を見ることなく放った返事は、自分が思った以上に淡泊だった。

相談相手を降りたい気持ちはある。

でもそれじゃあ、雛形は悩んだままだし、俺がダメとなると別の男子に相談を持ちかけるかもしれない。

そうなってくると、それはそれで困る。

これが独占欲ってやつなんだろうか。

小さくため息をついて担任の先生を待っていると、登校した三瀬《みせ》さん（眼鏡バージョン）が、ちらちらとこちらを窺《うかが》っていた。

俺と隣人の間に会話がないことを確認すると、胸に大事そうに何かを抱えて、さささ、と席へ近寄ってきた。

「おはざす。三瀬さん」

立ち上がって挨拶をすると、「座って座って。立たなくていいから」と注意をした。

「お、おはよう。殿村くん、『おはようございます』じゃなくて、おはようでいいよ」

あ、学校ではそうだったな。

「三瀬さん、おはよう」

雛形が挨拶をすると、思わぬ相手からの挨拶に挙動不審となっていた。

「お――お、お、おは、おおお、おはようご、ざいます」

三瀬さんはようやく挨拶を返して、ぺこん、と綺麗《きれい》なお辞儀を見せる。

「三瀬さん、雛形にはおはようでいいんすよ……いいよ」

うんうん、と雛形も同意している。

「そ、そだね」

朝からダラダラ汗を流している三瀬さん。教室の中はよっぽどアウェイに感じているらしい。

バイト中はこんなに焦ることとなんてないのに。

「どうかしまし……どうかした？」

「昨日言っていた、これ」

三瀬さんが胸に後生大事に抱えていたのは、小説だった。

「あ。ありがとう。持ってきてくれたんだ」

「う、うん。わたしは面白いと思うけど、もし合わなかったら無理に読まなくてもいいから」

「いや、読むよ。めっちゃ選んでくれた感じするし」

「そんな、そんな……えへへ」

謙遜しつつなんか照れてる。

「読んだら、感想言うから」

「そんな急がなくてもいいから。期限なしで、ずっと貸すから」

プレッシャーにならないように、死ぬほど気を遣ってくれているのがわかる。

ありがとう、とまとめると、用件が終わったはずの三瀬さんが席へ帰らない。

「どうかした？」

「あのわたし、昨日……その、空気読めなくて、いつもああで……帰ってから反省した……」

口ごもりながら、何かを言おうとするので、俺は急《せ》かさずに言葉を待った。

けど、結果的にそれがよくなかった。

「新しく入ることになった本間《ほんま》さんと、殿村くん、付き合ってるんだよね？　二人きりで帰っているところを邪魔しちゃって、ごめんね。もっと時間ズラせばよかったんだけど、電車の時間もあるし……」

な、なんという勘違い！

それこそ空気読め！

「ち、違う、三瀬さん。全然！」

隣にいる氷属性の門番から、吹雪のような波動を感じる。

おそるおそるチラ見すると、真《ま》っ直《す》ぐ前を向いたまま、青い炎を全身にまとっていた。

「違いますよ、三瀬さん。勘違いですそれ」

思わず普段使っている敬語になりながら、俺は三瀬さんの誤解を正そうとした。

「え、え、そうなんだ？」

「そう。そうなんすよ。たまたま、成り行きでああなって」

しゅううううん……と青い炎が鎮まっていくのを感じる。

ほう、と俺がひと息ついたのも束《つか》の間《ま》のことだった。

「腕組んで歩いていたのに……？」

ゴォォ、と擬音すら聞こえそうなほどの青い炎が、雛形からまた噴き出した。

今度は俺が汗をダラダラ流す番だった。

「そ、そう見えただけでは？」

早く何かを言わないと、と思ったらネット民みたいな返しになった。

「密着してたのに……？」

三瀬もうしゃべるな。

何で見てたんだよ。油断ならねえ……。

「く、暗かったから見間違えただけでは？」

棒読みのセリフを、「そうかも」と納得してくれた。

ていうか先生早く来い。

「よかった」と言い残して、ようやく三瀬さんは席へと戻っていった。

そんなことはないって説明したのに、三瀬さんは、俺の仲良くできる人数に限りがあると思っている節がある。

「…………」

無言のまま、雛形は無表情で前を向いている。

怒っている……？

「三瀬さんに言ったけど、誤解だから」

「ふうん」

怒ってんなこれ。

「何で本間さんは隆之介《りゅうのすけ》のバイト先に来たの」

「家が近かったみたいで……」

取り調べを受けている気分だった。

「ふうん。三瀬さんも、付き合っているか確認しにわざわざここまで来てる」

雛形が怒っている……俺が他の女子と仲良くしたから？

これはもしや、嫉妬とかいうやつか？

「邪魔しちゃったことを謝りたかっただけだと思うけど」

加えて、俺は三瀬さんの思い込みを説明しておいた。どう思ったのかは、雛形が相変わらず無表情なのでわからない。

「隆之介、女の子といっぱい仲良くなってる……」

声は小さく、耳を澄ましていないと聞き取れないほどだった。

「たとえばだけど、部活が同じだったとして、仲良くするな、は難しいだろ。嫌いならまだしも。バイトも似たようなものだと思うんだよな」

雛形は、ふむー？　と困ったような納得がいったような息をついた。

「隆之介が誰とどういう付き合いをするか……私には、わからないから……」

自信なげに、雛形は小声でつぶやく。

先生がやってきて、連絡事項を生徒に伝える。依然として隣の雛形はご機嫌ナナメだ。

「雛形、もしかしてやきもち妬《や》いた……？」

とか適当に言ってみる。

「っ」

小さく息を吸い込んだ雛形は、前を向いたままどんどん顔を赤くしていった。

そして、いきなりばっと席を立ち上がった。

俺含め、みんなが驚いていると「ちょっとお手洗いに」と近所にしか聞こえないような小さな声で言って、ハンカチを持って教室から出ていった。

世界史の授業でグループワークとやらがあり、四、五人の班になる必要があった。

当然のような流れで杉内《すぎうち》と内《うち》之《の》倉《くら》さんが俺たちの席のあたりへやってきて、空席に座った。

何をするかは話を聞いてなかったのでよくわからん。

けど、三人が話している内容からして、班ごとに調べたものをまとめて後日発表するっぽい。

「ひながっさん、さっき顔めっちゃ赤かったけど、大丈夫？　風邪？」

資料集をぱらぱらめくっていると、杉内が訊《き》いた。

「大丈夫。うん」

俺が変なことを訊いたせいな気がするけど、黙っておいた。

やることだけ伝えた先生が出ていったので、今はほぼ自習状態。教室内はわいわいとうるさい。

ふと気になって三瀬さんを探すと、自分の席でぽつんとしていた。

こっちをずーっとちらちらと窺っているのがわかる。

「……あれは」

誘われ待ちなのか？

目が合うと何か言いたそうにして、また目をそらす。それを二度ほど繰り返すと、意を決したように立ち上がって、教科書とノート、資料集とを抱いておそるおそるこちらへ歩み寄ってきた。

「あれ、三瀬さん、どしたん？」

さっそく杉内が話しかけると、おろおろ、と困っていた。

「すぎっち、どしたんじゃないよ」

見りゃわかるでしょ、と言いたげな内之倉さんだった。

「三瀬さん、一緒にやろう」

雛形が言うと、水を向けるように三瀬さんが俺に視線を振る。

「うん。嫌じゃなかったら、やろう。っても、俺は全然戦力になってないけど」

「そうだぞ、殿村おまえ、話聞いとけよな。オレはおまえの先生じゃねえんだよ」

「違うのかよ」

「その認識やめろ」

三瀬さんが空席の椅子を持ってきて座ると、何も言わなかった杉内は、白い歯を見せ親指を立てていた。……歓迎しているらしい。

「よ、よろしく」

こうして三瀬さんが輪に加わった。

たしか、三瀬さんは成績がよかったはず。眼鏡かけているから、そう思うだけかもしれないけど。

何について調べるのか、ああでもないこうでもない——ってな感じで建設的な話し合いになるかと思いきや、全然ダメだった。

　中間テストの話にはじまり、そのあと控えている修学旅行のことだったり、まるで関係のない話を俺たちはしていた。

　飛び交うどうでもいい雑談を、テニスの観客よろしく右に左に視線を動かして、三瀬さんは聞いていた。

「三瀬さん、あの小説ってどういう話なの？」

「あ、あれ？　あれはえと、簡単に言うと少年マンガみたいな感じのファンタジーで――」

　本当に、俺でもとっつきやすい小説を選んでくれたらしい。

　へえ、と思いながら聞いていると、内之倉さんが反応した。

「私もそれ知ってる。借りて読んだことがある」

「ほんと？」

「うん。弟が持ってて」

「有名なやつだから……お、面白いよね」

「うん。……内之倉さんって呼びにくいでしょ。うっちーでいいよ。栞《しおり》だけはくらちゃんって呼んでるけど」

　ぶるぶる、と首を振る三瀬さん。

「最初からだとあれだから、もうちょっと慣れてからで……」

「うん。いいよ。ちゃん付けされるとちょっと恥ずかしいから、うっちーのがいいかな」

大多数は杉内みたいにうっちーって呼んでいる。けど、女子を愛称で呼ぶのはなんか抵抗があるから、俺は名字か名字にさん付けをしている。

「雛形。内之倉さん、恥ずかしいってさ」

「うん。知ってる。ちょっと恥ずかしそうなくらちゃんを見るのが好き」

だから少数派の呼び方をしているらしい。

「ほんと栞だけだから。その変な呼び方」

呆《あき》れたような半目で内之倉さんは苦言を呈す。でも雛形はその反応込みで楽しんでいるようだった。

「三瀬さんは、何て呼ばれてたりするの？」

杉内の軽い質問に、にこやかだった三瀬さんから表情が消えた。

「わたしはとくに、何も……」

「「「…………」」」

自虐ネタっぽくても、笑うことはできなかった。

俺は机の下で杉内を蹴った。

「いて。なんだよ」

「三瀬さんは三瀬さんでいいだろ。それ以上でも以下でもねえ」

「ちょっと気になっただけじゃんか。嚙《か》みついてくるなよー。後輩モードの殿村はこれだから……」

やれやれ、と杉内はため息をつく。

——あれ。俺、三瀬さんが先輩だってこいつに言ったっけ？

……杉内だな、本間に俺のバイト先をバラしたのは。その流れで本間からもバイト先の話を聞いているんだろう。

「三瀬さん、のぶ子とかどう？」

唐突に杉内が愛称を提案する。

何でのぶ子なのか考えていると、下の名前がしのぶだからだとしばらくしてようやくわかった。

「お願いします」

「すぎっちの提案適当だから、嫌なら嫌って言ったほうがいいよ」

「ううん。全然。むしろ、ありがとう」

「感謝された……」

予想外の展開に、杉内のほうが驚いていた。

輪に加わった三瀬さんを交えた雑談が長くなり、結局何も決まることはなく授業が終わった。

それはどの班も同じらしく、まともに進んでいる様子はなかった。

雛形と内之倉さんが教室から出ていくと、残っていた三瀬さんが言う。

「どうしようか困ってた。ありがとう、殿村くん」

「全然。いてくれたほうが助かるから」

今まではどうしていたんだろう、とふと思う。

「殿村がマジで何にもしねえから、のぶ子がいてくれてよかったよ」

と、杉内もフォローをした。

てへへ、と照れくさそうに笑う三瀬さんは、自分の席へと戻っていった。

「のぶ子……背はちっちゃいし、おろおろしているから、小動物感があるよな」

言われてみれば、たしかに。

「小柄だけど、デカいんだよなぁ……」

「何が？」

「んもう、何がって旦那、そんなみなまで言わせるなんて、粋とは言えませんぜ」

……そういう言い回しをするので、何のジャンルかはすぐにわかった。

「ゲ杉内」

「眼鏡取っても結構可愛《かわい》いし」

げへへ、とゲ杉内は笑う。

何で知ってんだ。

俺の疑問を察したのか、教えてくれた。

「去年の水泳の授業で話題になったんだよ。隣のクラスに、謎の小柄巨乳美少女がいるって」

ボカしていたことをストレートに言いやがった。

そんなふうに見ていなかったから、気にしたこともなかった。

バイト先の制服は、ゆるっとしていて体のラインがわかりにくいし。

「上着があるとわかりにくいけど、やっぱデカいよ。ありゃ」

「脳内ピンク色のやつは目のつけどころが違うな」

「興味ねえみたいな澄まし面しやがって。巨乳はな、呪いと一緒なんだよ」

「はあ？」

「今にわかる。男子は絶対に逃れられない業を背負ってんだからな」

さっぱり意味がわからん。

「あ、おまえ、本間に俺のバイト先のことバラしただろ」

「絶対秘密ってわけでもなかっただろ？」

悪びれる様子はなく、杉内は肩をすくめた。

「困ることでもあった？　本間ちゃん、来たんだろ、バイト先に」

やっぱり本間とはメッセージか何かをやりとりしているようだ。

「ないけど」

そう前置きをして、三瀬さんはバイト先を秘密にしていることは伝えておいた。俺が言いふらしたみたいになるのは避けたい。

「了解。……で、のぶ子にどんなの借りたの？　オレも読ませてもらっていい？　うっちーも読んだみたいだし……」

話を合わせたいわけか。

そういう接近の仕方もあるんだな。

「見直したわ。ちょっとだけ」

「どういうことだよ、それ」

わけがわからなそうに杉内は首をかしげた。

ついにやってきた給料日。

「今日だよ」と三瀬さんが教えてくれたので、シフトが入っていないにもかかわらず、バイト先へやってきた。

休憩室にまとめて明細が置いてあり、残っているのは俺のを含めていくつかとなっていた。

殿村隆之介と書いてあるそれを手に取り、ミシン目に沿って開けていく。

「おぉ……」

あれだけで、こんなに……？

大人からすれば、お小遣い程度なんだろうけど、俺からすれば結構な額だ。

何よりも、初給料というのが嬉《うれ》しかった。

一か月丸ごとシフトに入った金額じゃないので、これからはもっともらえるってことか。

「うわ、やべーな」

俺が一人で感動をしていると、ひょっこり本間が顔を出した。

「あ。先輩！　どうしたんですか。今日出勤ですか？」

「給料日だって聞いたから、明細取りにきたんだ」

俺は明細をひらひらと振ってみせる。

「そうでしたか。わたしの制服姿を見に来たのかと思いました」

ホール担当の制服姿はウェイトレスといった雰囲気で、本間によく似合っている。

「そんなわけないだろ」

と、ゆるい口調で否定をして、また俺は明細に目を落とした。

これを頭金にして、母さんに教習所の金を前借りできないか……？

言えば案外通るかも。

俺が頭の中で計画をしていると、ずいっと本間が視界に割って入ってきた。

「何かないですか、先輩」

くるり、とその場で回ってみせる本間。

「かわいくないですか？」

「あ、ええっと……」

面と向かって可愛いと口に出して言うのは、こっちも気恥ずかしい。

「何どぎまぎしてるんです？　制服の話ですよ？」

ふふふ、と本間は笑う。

「ちゃんと主語を言えよ。制服のことな。うん。可愛いし、よく似合ってるよ」

やれやれと俺が思ったことを言うと、ぼそっと小声が聞こえた。

「……そんな不意打ち、なしですよ」

不意打ち？

まだ少し時間があるらしく、パイプ椅子に座った本間は切り出した。

「あ、そうだ。聞いてくださいよ、先輩」

「んー？」

「今日三年生の男子に告られて――」

「うえっ、あ、お、おう」

……そりゃあ、まあよくあるんだろうな。本間なら。

雛形も呼び出されて告られたところを目撃したのは、まだ記憶に新しい。

「爽やか系って感じのサッカー部かバスケ部の人だったんですけどねー」

「そ、それで、どうしたの？」

「お断りしましたよ。――好きな人がいるからごめんなさいって」

本間は何か言いたげに、真《ま》っ直《す》ぐこちらを見つめてくる。

「わたし、モテるんですからね、先輩」

「……だろうな」

あ、そうだ。

雛形が異性の俺に恋愛相談しているのは、異性の考えがわからないからで、同じように俺も雛形の……異性の考え方っていうのはさっぱりわからない。

モテる上に、経験豊富？　で相談しやすそうな女子が目の前にいるじゃないか。

「本間は、もらって嬉しいものって、何かある？」

「っ。え、何ですか急に」

頬《ほお》を上気させた本間が、前のめりになった。

「ほしいもの……先輩、くれるんですか？」

「いや、女子って、何をもらったら嬉しいんだろうって思って」

煌《きら》めいていた表情から、すっと輝きがなくなった。ついでに声も低くなった。

ハンッ、と鼻息で俺の悩みを吹き飛ばした。

「なんだ、わたしへのプレゼントじゃないんですか」

やさぐれて見えるのは俺だけだろうか。タバコがあったら吸ってそうな勢いだ。

裏返った本間の態度は、表とのギャップがすごかった。

「お菓子あげたらいいじゃないですか。スーパーで買ったやつ」

アドバイス、めっちゃ適当だった。

「小学生かよ。喜ばねえだろ」

そんなこと、俺でもわかるわ。

「誰にあげるつもりか知らないですけど、喜びますよきっと。誰にあげるか知りませんけど」

二回も同じことを言われた。誰にあげるか、もうバレてるのか……？

このまま適当アドバイスを真に受けるわけにはいかない。

失望した雛形に嫌そうな半目をされるのが思い浮かぶ。

「押し花とか」

ぽろっと言うと、俺は膝を打った。

「あー」

俺の反応を見て、本間は慌てて手をブンブンと振った。

「あ、ま、間違えました！　お金のない小学生みたいなダサいプレゼントだと思って思いついたことを言ったら、もらったら案外嬉しいかもって思ってしまいました！」

合ってるだろ。嬉しいなら。

『こんなプレゼントは嫌だ』っていう大喜利してるわけじゃねえんだよ。

「間違えてないよ。相談の答えとしては」

てかこいつ、ちゃんと答えるつもりねえな？

「わたしのアイディアだから、わたしにまずくださいね」

プレゼントって発案者に優先権があるシステムだっけ。

とにかく、候補のひとつとして入れておこう。

「プレゼントをあげてどうしたいんですか？　仲良くなりたいんですか？」

「それは…………うん」

認めるのは恥ずかしかったけど、そうしないと相談も何もないだろう。

目をそらして照れ隠しに頭をかいていると、本間が机に突っ伏していた。

「不覚です……。一途《いちず》な先輩にキュンとしちゃいました……」

「へ、変なこと訊《き》いて悪かったな」

バイト頑張れよ、と席を立って休憩室から出ていこうとすると、制服の裾を引っ張られた。

「何？」

「仲良くなる方法なら、グループで遊ぶのなんていかがでしょう」

「――天才軍師、現る」

やればできるじゃん本間。

「二人きりで、となるとお互い構えちゃいますから。なので、よく知っているお友達と女の子の後輩を連れていくと、とってもいいと思います」

同行者の人選がやけに具体的だな。

「ありがとう。考えとくよ」

そう言い残して俺は休憩室を出ていった。

以前一度デートをしたことがあったけど、あれは雛形の練習だったし、俺から二人きりでのデートに誘うとなると、ハードルはかなり上がる。

その点、グループで遊ぶのなら俺も雛形を誘いやすい。

相談の手応えを得た俺は帰宅すると、どう誘おうかと考えた。そうしているうちに、あっという間に日が暮れた。

「ただいまー」という帰宅した母さんの声が聞こえてくる。

誘うよりもまずは立て替えてくれるか訊いてみよう。

「なあなあ、母さん。教習所のお金あとで払うから立て替えてくんね？」

「えー？」

思ってもない提案だったのか、母さんは目を丸くしていた。

「ほら。これを頭金にして」

バイトの給与明細を見せると、ふむふむ、と納得した様子になった。

「来月と再来月を合わせたら余裕で完済できるから」

「いいよ。学校の許可とか大丈夫なの？」

「ああ、うん。それは大丈夫っぽい」

「気をつけなさいよ」

「わかってる」

渋ると思ったら、意外と協力的だった。

返すあてがあると違うものらしい。

「あんた、野球やめちゃったし、放課後ブラブラして時間潰しているよりは、こっちのほうが健全だもの」

それが気がかりだったらしく、バイクでなくても俺が何かやりたいと言えば協力する気ではいたらしい。

ネットで最寄りの教習所を探し、俺はそこから入学の申し込み手続きを進めていった。

俺の初給料と借りたお金を合わせて、教習所の費用の払い込みを済ませると、俺は教習所へ通うことになった。

「え。じゃ、どうすんの」

中間テストの勉強会を我が家で開いていると、杉内の手がぴたりと止まった。

テストは数日後。我が家のリビングには、杉内に加え、雛形、内之倉さんと三瀬さんの四人が集まっていた。

「どうするって……バイトがない日はほぼそっちかな」

順調にいけば、一か月かからないらしい。

キャラに似合わず頭がいい杉内は、中間テストは余裕らしく、問題集を前に苦戦する俺に数学を教えてくれていた。

「ひながっさん、知ってた？」

「バイクのことは、聞いていた」

「一人で大人になるなよ、殿村ぁ」

負け顔をする杉内は待ったをかけるように、俺の手を摑《つか》んだ。

「遊ぼうぜー。放課後ー」

「ずっと通ってるわけじゃねえから。終わったらな」

「バイトして、その金でバイク乗るなんて、おまえ……大学生かよ。大学入ってからやれよ、そういうことはー」

杉内は、ナメクジみたいにうじうじ、と文句を言っていた。

「大人になるな、殿村」

「名言風な顔をして言うなよ」

名言はその逆なんだよ。

「いいからさっさと問題解けよ。殿村だけなんだよ、進んでねえの」

「おまえが話しかけてくるからだろ」

三瀬さんが頭いいのは許せる。

眼鏡かけてるし、真面目だし、バイト先では頼りになるし、あと眼鏡だし。

「おまえが頭いいとかキャラじゃねえんだよ」

「好きで頭がいいわけじゃねえの。授業聞いてたら簡単に解けちゃうってだけなの」

杉内のくせに……。

ベラベラとしゃべっているのは杉内だけで、ときどきそれに俺が応えるくらい。他三人は名指しで話を振られない限り、粛々と勉学に励んでいた。

「のぶ子は、結構勉強してる？　たしか成績いいほうでしょ」

「あ、うん。わたしは、ちゃんと計画立てて、計画通りに勉強してる」

「おおう、真面目っ子」

「……じゃないと、取り柄ないから……」

自虐発言は、相変わらず反応に困る。

三瀬さんは隙あらばネガティブになる。

勉強会に誘ったときも、俺たちの輪に加わったら死ぬってくらい拒否ってたし。でも勉強がはかどらなくて困ってるって言うと、「それじゃあ……」と案外あっさり参加してくれることになった。

必要とされる理由があれば、それが建前だったとしても、何だかんだで応じてくれるいい人だ。

……あの日から、三瀬さんを見る度に杉内の言葉が脳裏をよぎる。

まさしく呪いって言っていいほどに。

私服の三瀬さんは、ジーンズに白いシャツというシンプルな装いだった。隣には来たときに着ていたカーディガンを丁寧に畳んで置いている。

「……」

杉内が言ったように、たしかにデカい。どれくらいなのかわからないけど、比較対象となる雛形や内之倉さんより、あきらかにサイズがある。

「……殿村くん、わからないところ、ある？」

「えっ。あ、いや……」

バレたのかと焦って俺は視線を手元の問題集に落とした。

「りゅ……殿村くん、集中して。どこ見てるの」

雛形が鋭い目線で俺を問い詰めてくる。

「どこも……見てませン」

苦しい言い逃れをすると、杉内が話を変えた。

「そういや、のぶ子って、何でバイトしてるの？　結構長いんでしょ？」

「あ、おまえそれ」

内緒だっていう話だろう。

あ、とうっかりに気づいた杉内だったけど、三瀬さんは気にしないと言いたげに首を振った。

たぶん、話しても大丈夫な人たちだと判断したんだろう。

「バイトは、もうちょっとで一年になるよ」

長《なげ》ぇな。

雛形と内之倉さんもそれは気になったのか、三瀬さんの発言を待っているようだった。

「中学のときは美術部だったけど、幽霊部員御用達《ごようたし》みたいな部で、何の活動もしてなくて……」

うちの中学にもあったな。文化部にそういうの。

どうやら三瀬さんは、高校入学を機に、何かをはじめたいと思ったらしい。けど、誘って一緒に入ってくれる友達はおらず、初心者から一人ではじめるっていうのも勇気が必要だったという。

「未経験者って、見学に来たり体験入部したりするけど、結局入らないもんね」

と内之倉さん。

雛形も同意するようにうなずいていた。

しみじみといった様子で杉内が言う。

「高校から何かはじめるって、結構なハードルなんだなぁ」

野球部は、そもそもガチなやつしか来ないから、未経験者が入部ってなるとかなり珍しいしその後続けられるかも怪しい。

「わたしの性格は、明るくないから……みっともない姿を笑われるのが、怖かったんだと思う」

そんなやつはいないと思いたいけど、人数が集まれば何人かはいるだろうな、そういうやつ。

「のぶ子、涙拭けよ」

杉内がそっとハンカチを渡そうとするところにストップをかけた。

「おい待て。泣いてねえだろ。話の腰を折るなよ」

結構俺も興味あるんだよ。三瀬さんが何でバイトしてるのか。

「させん」と軽く謝った杉内に、三瀬さんは苦笑した。

「高校生になったらバイトができるって気づいて、それなら最初はみんな上手《うま》くできないだろうからって思うと、気が楽になって」

それではじめてみた、と。

けどクラスメイトに見つかるのは恥ずかしいからキッチン担当を希望して今に至るということらしい。

「バイト代も親にちょっとだけ渡してるし、そのおかげで趣味の物を買っても、うるさく言われないから結果的によかったと思ってるよ」

親に、バイト代を、ちょっと渡す……？

「偉っ」

「え、やば。マジか。真面目の極みじゃん」

俺と杉内が順に言うと、視線を遮るように三瀬さんは両手を突き出して振った。

「そんな、そんな。……大したこと、ないから……」

あのファミレスは昇給するから、ぺーぺーの俺より三瀬さんのほうが時給は高い。

俺よりもかなりお稼ぎになられているのか……さすが三瀬さん。

「のぶ子ちゃん、カッコいいじゃん」

「ふひゃあ」

内之倉さんの直球の褒め言葉に変な声を上げた。

「真面目で、成績もよくて、バイト先では頼りになって……小動物系女子で巨乳で眼鏡を取れば美少女……」

杉内が三瀬さんの特徴をつぶやきはじめる。

「なあ、スペック高くね？」

つぶやきを聞いていたであろう俺に話を振ってきたので、「かもな」と同意しておいた。

雛形だけは、複雑そうな顔をしている。

「のぶ子ちゃん、いい子だけど、困る……」

困惑したように眉尻を下げていた。

「りゅ……殿村くんとは、バイト先でどんな話をしてるの？」

何でそんなことが気になるんだ。

「全然、全然、大した話はしてないよ……。忙しいとか忙しくないとか、ほとんど仕事の話だけで……」

三瀬さんの発言に俺もうなずいた。

俺は他の先輩ともちょっとだけ話すけど、三瀬さんはあまり話さないほうで、自分の仕事を粛々とこなす職人って感じだ。

みんなの集中が途切れたところで、俺はこの前本間に提案されたことを伝えることにした。

「テスト終わったら、みんなで出かけない？」

このプランを先に教えようと思った雛形には、結局切り出すタイミングがなくて教えられないでいた。

遊びたがっていた杉内は当然のように賛成し、雛形も内之倉さんも賛成だった。

雛形が空気に流されての同意じゃなく、心から同意しているように見えて、一安心だ。

きょとんとしている三瀬さんに、

「みんなっていうのは、三瀬さんも入ってるよ」

と言うと、驚いたあとお馴染《なじ》みの自虐をスルーすると、何だかんだ言いながら参加することになった。

「……それ、本間ちゃんも行きたいらしいんだけど、いい？」

今提案したことなのに、もうそれを知ってるのか。

やっぱ、杉内は本間と連絡取り合っているっぽいな。

三瀬さんがうなずくと、内之倉さんが気遣わしげに目をやった。

「栞は、どう？」

少し悩んだ雛形だったけど、ふんす、と気合いを入れたように息を吐き出した。

「いいよ。問題ない」

殺気立って見えるのは、俺だけだろうか。

「いいの？　本当に」

「望むところ」

何にだよ。

静かな闘志を感じるぞ。

「じゃ、決まりだな」

と、杉内がまとめた。

そうなってしまうと、テスト勉強なんてはかどるはずもなく、どこへ行くかという会議がはじまり、まとまることがないまま勉強会はお開きとなった。

その日の夜だった。

雛形からメッセージで電話をしていいか、確認された。

改めて電話がかかってくるとなると俺も少し緊張する。

前はなんてことなかったのに。

いいよ、とメッセージを返して、すぐに既読状態となる。

少し待っていると、着信が入った。

「も、もしもし」

通話ボタンを押して、耳を澄ませる。

『りゅっ……りゅっ……』

「え、何」

『隆之介……こんばんは』

何かと思えば挨拶が言いたかったらしい。

「こんばんは。……電話で話すのって久しぶりだから、緊張するな」

『うん』

夜も一〇時を過ぎている。俺はまだまだ寝ないけど、早起きをする雛形はもうちょっとしたら寝る時間だ。前訊《き》いたらその時間にはベッドに入ると言っていた。

「テスト、頑張ろうな」

『うん』

「雛形って、何が苦手？」

『私は、英語』

「あー、わかる」

『……』

「……」

会話が二ターンで終わってしまった。

俺は数学も英語も苦手で——てな苦手教科の話からはじまり、前回の期末ではどうにか補習を回避できたことを教えた。

『うん、知ってる』

　知ってるんかい。

　くすっと耳元で吐息のような笑い声が聞こえた。

『隆之介、今日はおしゃべり』

「おしゃべりっていうか……」

　雛形がしゃべらないのもあるんだけど、せっかくの電話が無言続きっていうのもどうかと思った。

　それから、勉強会のときに話していた遊び先の話になり、勉強の話に戻ったり、取り留めのない会話が続いた。

　面白い話も、驚くようなことも何もない、内容はほとんどない通話なのに、何でこんなに楽しいんだろう。

　いつの間にか通話時間が三〇分を過ぎようとしていた。

「何か俺に用事があったんじゃないの？」

　思い出したように切り出すと、小さく息を吸うのがわかった。

『うん……面と向かってだと、言いにくいから……』

「何だよ。改まって」

『……………』


この間は……もしかして。

やっぱ、俺なのか。俺だったのか、雛形。

面と向かってだと言いにくいってことは――。

こ、告白……なのでは……。


『えっと……その……』


お互い無言になると、間を繋《つな》ぐような吐息に似た小さな笑い声が聞こえ、言葉を選んでいるような空白の時間が続いた。

知らないうちに、こめかみあたりで脈を打っているのがわかるくらい、鼓動が速くなっていた。

『隆之介に、また相談しようと思って』

「……あ。そうですか」

へなへな、と俺はベッドに突っ伏した。

変な間やめろよなマジで……。

期待のメーター振り切ったんだからな……。

「相談って、どういうやつ？」

気の抜けた声で応対すると、雛形は言いたいことをまとめたのか、ぽつぽつと思っていることを教えてくれた。

『好きだと意識すると、上手《うま》く話せない』

俺もだよ。

『本間さんみたいにおしゃべり上手じゃないし……』

本間なぁ。あいつは、異性としての能力値を示す五角形のレーダーチャートみたいなのがあれば、ほぼ満点の正五角形に限りなく近いだろうな。

「雛形と違ってかなり明るいキャラだからな、本間は」

『うん……』

こんなふうにまた相談してくるってことは、大して進展がないってことだな？

よしよし。

内心喜ぶ俺とは違い、雛形の声は沈んでいる。

『私が想像していたより、ずっとモテそうだから、ライバルが多い』

……俺じゃねえな。

――俺じゃねえなそれ！

そのライバルの誰かとソイツがくっつけばいいのに。

「雛形は、雛形なりのいいところがあるから、本間と比べることはないと思うよ」

『えっ、そう？』

意外そうに言うと、声を強張《こわば》らせ尋ねてくる。

『ど、どこ？　だと、思う……？』

そうだな、と少し考える。本間とはいい意味で正反対だから、それを挙げればいいか。

「本間と違って、綺麗《きれい》系」

『うぅ……恥ずかしい』

ぽふぽふ、とクッションを叩《たた》いているような物音が聞こえる。

「あと、しゃべりが上手くなくたって、楽しいって思うし……じゃなくて、そう思うやつだっているだろうし」

『そうなら、いいな……』

電話越しでも、はにかんでいるのがよくわかる声音だった。

「本間と違って、控えめでお淑《しと》やかなところとかあるし」

『ふえっ。あ、変な声でちゃった……』

「ともかく。そんなふうに雛形に思ってもらえるなんて、俺なら嬉《うれ》しい、ケド……」

『えっ……えっ？　えと……』

プツン。

「…………あれ。ひ、雛形？」

耳にあてていた携帯を確認すると、通話終了の文字が表示されていた。

「あれ？　切った？　切られた……？」

かけ直してみても、雛形は電話に出ない。

俺なんかマズいこと言った……？

本間と違うところを褒めたのがマズかったのか？

そんなふうに私のことを見ているなんて……（ゴミを見るような目）って感じの悪い捉え方をされたとか——？

それとも、アイツから連絡があったからそっちを優先したのか……？

『いや、違うんだって！』

弁明のメッセージを慌てて送った瞬間、向こうからもメッセージが届いた。

『びっくりして切っちゃった』

なん――だよ。そんなことかよ。焦った……。

俺は一人部屋で安堵《あんど》の息をついた。

『違うって何が？』

くっ。タイミング悪いな俺。そっとメッセージを取り消しておこう。

首をかしげている猫のスタンプが送られてくる。

それをさらっと無視して、俺は逆に尋ねた。

『何にびっくりしたの？』

『……教えない』

何だよそれ。

上手く相談に乗れた気はしないけど、雛形がそれを気にかけた様子はなかったので、よしとすることにした。

テスト期間に教習所へ通いはじめたのが悪かったらしく、俺のテストの点数は散々なものだった。

補習授業がどうにか回避できたのは、たぶん勉強会で杉内に教わったところがそのまま出題されたからだろう。

「なー？　出ただろ？　オレにゃわかんだよ、あんなのよぉ」

昼休憩。

さっきテストが返ってきた数学のことで杉内がドヤ顔でオラついてくる。

それがムカつくので、おまえのおかげで補習が回避できた、という感謝は口にしなかった。

「教習所行ってなかったら、もっと点数取れたんだけどな」

と、俺は言いわけを口にした。

よくよく考えれば当然なんだけど、教習所では学科とかいう勉強が必要で、通いはじめてからというもの、俺は交通ルールを日々叩《たた》き込《こ》まれている。

そっちに気を取られていたのもあり、テスト勉強まで手が回らなかったのだ。

「キョーシュージョ、ねえ……。殿村、楽しそうだな、なんか」

向かいに座る杉内は、購買で買ったパンをかじる。

「運転は楽しいかな。勉強は面倒くさいけど」

昨日、実技講習として教習所内でバイクにも乗った。

「大学生のオネーさんとかいる？」

気にしたことはなかったけど、思い返せばそれっぽい女の人は何人かいる。

「ときどき見かけるよ」

「あー。そりゃ楽しいわけだ」

俺が楽しんでるのはそこじゃねえんだよ。

最近の昼休憩は、俺と杉内の二人。雛形と内之倉さんは教室にいない。

インターハイ予選が近いのもあって、朝練があり、放課後の練習もかなり遅くまでやっているそうだ。昼はミーティングと称した活動があるらしく、部活メンバーで過ごしているという。

土日も終日部活。春のリーグ戦とやらは終わったらしいけど、今度は他校との練習試合を行っているらしい。

三瀬さんは、いつも内緒の場所で一人で静かに過ごしている。どこにいるのか尋ねても全然教えてくれない。

「テストも終わったし、土曜日は遊園地かー」

勉強会のとき、出かける場所が決まらなかったので、グループチャットを作ってそこでやりとりをして決まった。

数人が飽きることなく遊ぶにはちょうどいい場所で、提案したのは杉内だった。

「ひながっさんもそうだけど、うっちーもさ、ピリついてんだよな」

大会前の運動部ってのは、だいたいそうだろう。当日、女子バスケ部は久しぶりのオフなんだとか。

「ガス抜きになればいいなーって」

杉内のくせに、いいことを言う。

メンバーは、俺と杉内の男子二人に、雛形、内之倉さん、三瀬さん、本間の女子四人。

同じバイト先の三人が一度に休むことに対して、とくに苦言はなく、すんなり休むことができた。

あれ以来、雛形と電話はしていない。どころか、登下校を一緒にしなくなったのと、杉内曰《いわ》くピリついているので、学校でもあまり会話をしていない。

そういう状況もあり、週末の遊園地は久しぶりに雛形としゃべれるので、少し楽しみだった。

7　遊園地へ

「おはよう、隆之介《りゅうのすけ》」

土曜日。

うちへやってきた雛形《ひながた》の目は充血していた。

「お、おう。おはよう。目、赤いぞ？」

「うん……よく眠れなくて……」

「大丈夫かよ」

……とは言うけど、実は俺もよく眠れなかった。

グループで遊ぶとはいえ、二人きりになるタイミングもあるだろう。

一番いいのは観覧車。二人きりの密室で、話を誰かに聞かれることもない。

観覧車でキス……、いや告るほうが先だろう、けどフラれたら終わるまでずーっと気まずい。じゃ観覧車ではやめといたほうがいいな……？

そんなふうに、意味があるのかないのかわからないシミュレーションをベッドでしていると、夜が明けてしまったのだ。

九時の開園に合わせて、それぞれが最寄り駅まで電車で移動をする。移動時間は一時間ほどかかった。

なので、家を出るのは学校に行く時間とさほど変わらなかった。

電車に乗ると、隣に座った雛形は揺れが心地よかったのか、会話が途切れると舟をこぎはじめた。部活の疲れと睡眠不足のせいだろう。

俺の肩によりかかってくるんじゃないかという期待をしていたけど、そんなことはまるでなかった。

前は、手を握ったまま知らない駅で降りて、ラブホに行ったんだよな……。

ずいぶん前に感じるのは、雛形に対する気持ちが変化しているからだろうか。

遊園地の最寄り駅に到着すると、遠目に観覧車とジェットコースターの曲がりくねったレールが小さく見える。

俺たち以外はもう揃《そろ》っていて、駅舎の前にあるロータリーに四人がいた。

挨拶もそこそこに遊園地への直行バスに乗り込み、一五分ほど揺られ、ようやく到着した。

「うっちー、お疲れじゃない？　大丈夫？」

「うん。昨日は早く寝たから」

対する雛形は、隙あらば寝落ちしていて、バスの中でも寝ていた。今も起きているのかわからない眠そうなぼんやりした目で、三瀬《みせ》さんに手を引かれている。

「雛形先輩は、めちゃくちゃ眠そうですね……」

本間《ほんま》が心配そうに言う。

「寝られなかったらしい」

「遠足前の小学生じゃないですか……可愛《かわい》いですね」

ぼんやりしている雛形とは違い、本間はメイクも服もばっちりといった状態だった。

手には、大きなバスケットを持っている。

「本間、何持ってきたの？」

「あ。気づいちゃいました？　これ、お弁当です。作ってきたんです！」

眩《まぶ》しいくらいの笑みを浮かべ、ずいっと見せつけるように突き出してくる。

「先輩とわたしの分。あと他ちょっと」

他ちょっと――？

こういうのって、全員の分を作ってきそうなもんだけど。

「悪いな、なんか」

「いえいえ」

「何作ってきたの？」

「パスタと焼きそばです」

お、おう、とだけ俺は応えた。……何だ、その組み合わせ。

なんか、本間ってちょっとズレてるところあるよな。

会話が聞こえていたのか、杉内《すぎうち》が口を出してきた。

「何で王道をきちんとしないんだよ！　おにぎりと卵焼きと唐揚げだろう！　じゃなかったらサンドイッチとか――、何で麺《めん》料理縛りなんだよ」

「だったらそうだって言えばいいじゃないですかー！」

「わかるだろ、そんなの」

「文句言う人は食べなくていいですっ。野垂れ死ねばいいんですっ」

べっと本間は舌を出した。

「というか、杉内先輩の分は元々ありませんから」

「何でだよっ！」

俺たちがわちゃわちゃ言い合っている間、雛形はようやくはっきりと目を覚ました。

一日フリーパスを買い、開園と同時に中へ入った。

荷物を預けることにし、園内のガイドマップを覗《のぞ》き込み、コインロッカーを目指した。

「わたし……はじめてかも」

三瀬さんがまだ人がまばらな園内と俺たちを見回して言う。

「何が？」

最近は、バイト先以外で敬語になることはなく、タメ口を使うのにもずいぶんと慣れた。

「友達大勢で出かけるの」

俺たちはゴールデンウィーク前のＢＢＱ《バーベキュー》があるから、それほど久しぶりという感じはしない。

今日はＢＢＱメンバーに三瀬さんが加わっているだけだし。

「あ、あ、もしかして、殿村《とのむら》くんだけだった……？」

「え？」

「友達……雛形さんや内《うち》之《の》倉《くら》さんは違うのでは……」

「そんなことない」

雛形はふるふると首を振った。

「お休みに予定を合わせて、出かける……、これすなわち、友達」

内之倉さんもうなずいていた。

「オレたち、もうダチじゃん」

キメ顔がちょっとうるさい杉内のくさいセリフに、三瀬さんが感激している。

「ありがとう……」

「三瀬先輩、あまり普段友達とお出かけしないんですか？」

コインロッカーに弁当や手荷物を入れる本間。保冷剤を持ってきているらしいので、腐る心配はないという。

「小四が最後……」

「あ……っ。わたしったら、ごめんなさい、気の毒なことを聞いて」

おい。友達がいないことをナチュラルに気の毒って言うなよ。

「全然。気にしないで」

三瀬さんはにこやかに手を振っている。

何に乗りたいか、ジャンケンで決めることになり、結果、三瀬さんが勝利した。

「ええっと……。メリーゴーランドが、いいかな」

もじもじと意見を主張すると、杉内がうんうんとうなずいていた。

「メリゴいいね。ジェットコースターとかハード系に行く前に、体を慣らすってことでしよ」

　メリーゴーランドってメリゴって略すもんなの？

「賛成です。来たら一回は乗りたくなります。メリゴ」

「うん。メリゴ。おっけー」

「メリゴはあっちのほうみたいだから、行こう」

　本間、雛形、内之倉さんが順に言う。

　メリゴに引っかかったの俺だけなのか。

　ガイドマップを手に内之倉さんが歩き、杉内がそれに並ぶ。

　俺もあとを追いかけると、左右に雛形と本間が並んだ。三瀬さんはすぐ後ろをついてくる。

「先輩っ。メリゴに馬車がありますよ、馬車。あれだけ二人乗りです！　一緒に乗りましょう、先輩」

　あれあれ、と本間が指を差す。

　ゆったりとした音楽が流れ、メリーゴーランドが回っている。その中の一つに二人で乗れる馬車があった。

　子供を想定しているからか、俺が一人座ってしまえば、大人は一人も座れなそうだ。

「いいけど、小さくないか？」

「大丈夫です大丈夫です。わたしが、ぎゅってくっつけば」

「――狭いからダメ」

すぐ雛形が否定した。

「窮屈は、その……遊具にも負担だから。りゅ……殿村くんは、馬でいい」

雛形が指差したのは、塗装が剝《は》げかかっている白馬だった。

「あーっ。雛形先輩、もしかしてそれ、白馬の王子様って言いたいんですか？」

「えっ」

そんなつもりはなかったんだろう。

雛形の顔色がどんどん赤くなっていった。

「ち、ちっ違う……そういう意味じゃ、なくて」

言葉に困った様子の雛形は、逃げるように早歩きで離れていった。

本間がうっとりとしたため息をつく。

「はぁ……。クールでかっこいいのに、顔真っ赤……可愛いですね、雛形先輩は」

そうだな、とストレートに認めるのも憚《はばか》られたので、「そうか？」と濁しておいた。

「そんなつもりないんだから、からかってやるなよ」

「はーい」と、本間は楽しげに返事をした。

「本間さん、わたしとなら、二人でも乗れると思う、よ……？」

控えめに三瀬さんが提案する。小柄な三瀬さんとそれに近い体形の本間なら、たぶん問題なく乗れそうだ。けど、にっこりと本間は笑顔を返した。

「あ、大丈夫でーす」

表情や口調は柔らかかったけど、拒否の意志を感じるな……。

開園と同時に来たこともあり、並ぶことなくメリゴことメリーゴーランドに乗れた。

ファンシーな意匠の白馬に跨《またが》る。

他には似たような雰囲気のキリン、トナカイ、シマウマなどなど、色んな動物がいた。

メリゴはざっくり言うと上下しながら回るアトラクションだ。

動いている間に、目線の高さや周囲の風景が変わっていく。はしゃぐほどじゃなかったけど、思っていた以上に楽しめた。

完全に停止すると、俺は三瀬さんに言った。

「三瀬さん、最初にメリゴは正解だったかも」

「ほんと？　よかった」

えへへ、と表情をゆるめていた。

降りて出口へ向かおうとすると、三瀬さんがなかなか降りられず困っていた。ちょうど上がりきったところで跨ったキリンが止まったせいだろう。

飛び降りるにしては低く、足をつけるには高い位置だった。

一人で降りられそうだけど、苦戦していたので助けることにした。

「手、貸すよ」

「あ。ありがとう……」

腕のあたりを摑《つか》んであげると、ギリギリ届かなかった足をようやく地につけた。

摑んだ場所が二の腕だと気づくと、ふと杉内のセリフが脳裏をよぎった——。

『殿村、知ってるか。二の腕ってその人のおっぱいと同じ柔らかさらしいぜ』

そんなわけねえだろ、と思ったけど……。

細い腕なのに、ぷにっとした柔らかい感触が指先と手の平に伝わる。

ま、マジ、なのか……？　都市伝説とかじゃないのか。

「殿村くん？」

三瀬さんは不思議そうに小首をかしげている。

「あ。ごめん」

慌てて俺は手を離した。

日頃バイト先で世話になっている先輩に……、俺は……。

「俺は先輩になんてことを……」

「え、え、助かったよ？」

ますますきょとんとした三瀬さんは、反対側に首をかしげた。

次のお客さんが入りはじめていたので、俺たちは慌ててゲートから外へ出た。

「オレ、アイス買おっかなー。う、うっちー、いる？　お、オレ、出すよ」

「大丈夫。自分で買うから」

「あ、そ……」

気勢を削《そ》がれた杉内だったけど、内之倉さんと売店へ向かって歩き出していた。

「私、お財布、鞄《かばん》の中」

アイスを買おうとしたのか、雛形が財布を持っていないことに気づいた。

「あ、わたしも」

三瀬さんも同じだったらしく、二人でコインロッカーのほうへ行ってしまった。

ちょいちょい、と本間が手招きをする。

「どうかした？」

俺に聞こえるようにか、手を口元にやって本間は小声で言う。

「先輩、先輩。杉内先輩と内之倉先輩、二人きりにしてあげましょ」

……それもそうだな。

上手《うま》いこと二人になったし。

「じゃあ、こっそり移動するか」

「はい」

その二人は、売店前でアイスを選んでいるところだった。

雛形と三瀬さんに移動したことを教えておこう。

「先輩、わたし、お化け屋敷に入りたいです」

「みんなが揃《そろ》ってからな？」

本間はむふっと含んだような笑みを浮かべた。

「先輩、怖いんですか？」

「いや、そういうんじゃなくて……」

「怖いんですね。大丈夫です。わたしが先輩のことを守ってあげますから。怖くない怖くない、してあげます」

何だよそれ。

「遊園地のお化け屋敷とか、大して気合い入ってねえだろうし、別に怖くねえから」

「じゃあいいじゃないですか。――お化け屋敷、ほら、あそこ。今なら、全然並んでません」

　ぶらっと歩いていたら、いつの間にかお化け屋敷がある一画へとやってきていた。

「先輩。雛形先輩たちと合流前に、さくっと行っちゃいましょうよ。怖くないならすぐ終わっちゃいますし」

……ううん、昨日の夜のシミュレーションでは相手は雛形だったんだけど……。

　フリーパスだからいいか。下見ってことで。

「いや別にまじで怖くないから行こうぜ」

　ふふっと本間が笑うと、腕を組んできた。

「先輩って可愛《かわい》いところありますよね」

　どこがだよ。

　お化け屋敷のコンセプトは廃診療所らしく、中に入ると看守の格好をした係員に概要を説明された。

　中に入ると後戻りできず、廃診療所内にある鍵を三つ拾い、それでゴールの扉を開ける、というようなものだった。

　係員に簡単な地図を渡された。鍵の在処《ありか》と順路が記されている。

「へ、へぇ……、こ、凝ってるな」

んじーっと本間が俺の顔色を窺《うかが》ってくる。

「先輩……もしかして、ビビってます？　もしかしてっていうか、やっぱりっていうか」

「び、ビビってねえよ」

ちょっと思ってたのと違うなって思っただけだ。

びっくり迷路くらいに考えていたのに、テレビの企画とかでありそうなガチのやつとは思わなかっただけだ。

「パニックになってはぐれる方もいらっしゃいます。お連れ様とは手を繋《つな》いでください」

ぱに、パニック……。そ、そんなに？

「ですって。先輩」

きゅっと本間に手を握られた。雛形の手よりも小さく、ふにっとしていて柔らかい。

「わたしがついてますから、大丈夫ですよ」

「こ、根拠は」

「そんなこともわからないんですか？」

俺を覗《のぞ》き込んだ本間は自信ありげな笑みを見せた。

「ではお気をつけていってらっしゃいませ」

係員に促され、俺たちは扉を開けて中へ進む。

薄暗く、わずかな照明でどうにか周りの様子がわかる程度だった。使われなくなった診療所……。

ふ、雰囲気抜群すぎないか。

待合室にあるボロボロのソファには、マネキンがいくつか座っている。

「先輩、何か言ってくださいよ」

「にん、人形だな」

「動いたりしないですかね」

「え、動くの？」

やばい、怖い。

そう思うと、動き出しそうな気がしてくる。俺はなるべく距離を取ろうと壁際を歩いた。

ミシッと軋《きし》むような音がすると、長髪のマネキンが立ち上がってゆっくりとこちらへ近づいてくる。

「きゃあっ」

悲鳴を上げて俺の腕にしがみついてくる本間。それに比べ、俺は声も出せないほど驚いていた。

「い、いいいいい、行こ、いこいこいこ」

暗くて走れないので、早歩き。

全部マネキンじゃねえのかよ。

掃除用具をしまってそうなスチール製のロッカーがバンッ、と勢いよく開いた。

「うぎゃぁぁあ!?」

「ひゃんっ」

腰を抜かしそうになるほど驚いた俺は、ゆっくり迫ってくる長髪マネキン（本当は人間がやってるんだろうけど）から逃げるように鍵があるとされる診察室に入った。

「あ、あれじゃないですか？」

鍵が机の上にわかりやすく置いてある。

「これであと二つだな」

入る前は余裕そうだった本間だけど、今は全然なさそうだ。ちなみに俺はもっと余裕がない。

それを拾うと、おどろおどろしい格好をした医者風の脅かし役が奥から出てきた。

「ぬわっ」

「いやぁあっ」

俺の低い声と本間の甲高い悲鳴が混じる。

診察室から出ると、処置室、手術室と順に鍵を回収していった。

脅かし役が何か所かに潜んでいて、その都度脅かされたり、追いかけられたりした。

冷や汗だくだくになりながらも、どうにかゴールとされている最奥の非常口へ辿《たど》り着き、鍵を使って脱出した。

……外はいい天気。視界良好。

誰かが追いかけてくることもないし、いきなり飛び出てくることもない。

「はぁ……平和だ……」

異世界から帰ってきたかのような気分だった。

時計を見ると、まだ一〇分ほどしか経《た》っていない。

嘘《うそ》だろ。体感では、三日くらい中に閉じ込められていた気がするぞ。

「怖かったですね」

本間も思っていた以上に怖かったのか、笑顔がちょっと疲れていた。

「余裕だったけどな」

「どこがですか」

半目でじっと見つめられた。

俺もあそこまで怖いと思わなかったから、自分があんなふうに声を上げるとは思いもよらなかった。

もう一回行きたいかと言われれば、首を横に振るわけだけど、楽しめたことはたしかだった。

「先輩の声に驚いたんですから」

「そりゃこっちのセリフだ。本間の金切り声にびっくりするんだよ」

本間が相手だと気を張ることがなくていい。

さっきの相手が雛形だったらと思うと、醜態を晒《さら》すまいと必死だっただろう。

「先輩って、大きいですね」

「え、そうか？」

平均より背は高いほうだけど、大きいかと言われると首をかしげる。

「抱き着いちゃったとき、ゴツっとしてて、先輩も男の人なんだなぁって、思わず」

思い出してか、くすぐったそうに本間は笑う。

「何考えてんだよ。お化けたちが迫ってきてんのに」

「いいじゃないですかー」

近くにあったベンチに座り、携帯を確認すると、お化け屋敷に入る直前くらいに雛形からメッセージが数件入っていた。

『どこ？』

『こっちは噴水広場のほうへ移動する』

杉内と内之倉さんを二人きりにするというのはすでに伝えているから、たぶん三瀬さんと一緒だろう。

「噴水広場ってところに雛形たちがいるらしい」

「ごめんなさい、先輩。疲れたので、ちょっとだけ休憩してもいいですか？」

「あ。悪い。全然気がつかなくて」

いえいえ、と本間は笑顔を返した。

人出が増えはじめ、中高生のグループや家族連れが俺たちの目の前を行き交っている。

ゴォォォ、というジェットコースターの激しい物音が近くで聞こえ、牧歌的な音楽が背の高いスピーカーから流れている。

「なんだかこうしていると、先輩とデートしているみたいです」

そう言われても何と応えていいかわからず、「ああ、そう？」としか言えなかった。

「本間はこういうの、何回もあるんじゃないの？　デートで遊園地って」

何気なく尋ねると、むっとしたように眉根を寄せた。

「わたし、誘われれば誰にでもついていくような尻軽じゃありませんよ？　そんなふうに見えますか？」

「いや、そういう意味じゃなくて。恋愛経験が豊富そうだから、こういうのってあるのかと思って」

「ないです。こうしてデートするのははじめてです」

「今はデートじゃないんだけど」

っていう俺の訂正はスルーされた。

「誘われて街に出かけたり、お昼ご飯を食べたりならありますけど、がっつりデートって感じのところは断ってます」

そうきっぱりと本間は言った。

「遊園地って、ガチオブガチって感じで、『あーこれ絶対に観覧車の中で夕日見ながら告ってくるやつじゃん』って思いますし、見え透いているっていうか」

あ、はい……。そうです……。

却下したけど、昨日の夜、そのパターンを考えていました。

「好きな人となら、当然オッケーなんですよ。でも、そんな人が誘ってくれることはなかなかないですから」

遊園地……。好意がある相手ならオッケーと……。

まあ、男女二人で出かけるなら、デートと言って差し支えない場所だろう。

告白をするにしても、悪いタイミングとも思えない。

てことは、遊園地みたいなデート感がある場所に誘えば、デートだと思ってもらえるってことだよな……？

「ザ・デートって感じのところって、他はどこだと思う？」

「一緒に行くって約束してくれるなら、教えてもいいですよ」

交換条件を出された。

「そんなのナシで教えてくれよ」

我がままを言うと、しょうがないですね、とため息をつかれ、くわっと目を見開いた。

「それは、家ですっ！」

「家……？　なあ…………本間って、エロいの？」

「えっ――」

かぁぁぁ、と本間の顔色が一瞬にして赤くなった。

「じょ、女子になんてこと訊《き》いてくるんですかっ。え、エロ、くないです。たぶん」

「この前も、俺の性の好みを探ろうとしてたし」

「ちーがーいーまーすっ」

肩で息をする本間は、赤い顔をしながら大声で否定した。

「家って言ったのは、まったりイチャイチャ……するのとか……憧れる……というか……やりたいです……」

どんどん自信なさそうな小声になっていった。

まったりイチャイチャ、か……。

本間と同じで、俺もやってみたい。

でも俺は、付き合わないとそういうことはできそうにない。

雛形が行きたいって思っている場所なら、そこが一番なんだけどな。

試合で条件を達成したら出かけるっていう約束だけど、それまでにバイクの免許が取れりゃいいなと思う。

ふと、遠くに杉内と内之倉さんが見えた。

サバサバしている内之倉さんを、杉内があれこれ話しかけてリードしようとしているのがわかる。

俺も頑張ろう、とちょっと思った。

移動したかもしれないので、確認のため雛形に電話をする。けど出なかったので、一緒にいるであろう三瀬さんに電話をすると、場所を教えてくれた。

思った通り雛形も一緒で、噴水広場にあるベンチに座っているそうだ。

休憩を終えた本間を連れてそこへ向かうと、楽しげに話をしている二人を見つけた。

こっちに気がついた三瀬さんに手を振ると、雛形はこちらを一瞥《いちべつ》するだけだった。

「やっと合流できた」

「殿村くんたちいないから、トイレかと思ったよ」

「雛形には、連絡したんだけど――」

唇を尖《とが》らせている雛形は、明後日《あさって》の方向を向いている。

「はぐれちゃったので、ちょうど近くにあったお化け屋敷行ってきたんです」

本間が説明をすると、雛形が眉に力を入れたような悲しげな顔で俺を見て、目を伏せた。

「そうなんだ。ど、どうだった。お化け屋敷」

「余裕だった」

くすっと本間が笑う。

「先輩、あれでどうして余裕だなんて言えるんですか」

「やっぱり怖いんだ」

三瀬さんはお化け屋敷に興味津々といった様子だった。

「あと何かに乗ったら、杉内たちと一旦合流しよう」

そういうことにして、杉内に連絡をする。すぐにオッケーと返信があった。

あいつは、上手《うま》くやれてるんだろうか。

心配しているわけじゃなく、上手くやれていようが下手だろうが、ああやって積極的になれるってすげーなと友達ながら少し尊敬する。

話し合った結果、次に乗るのはフリーフォールに決まった。

高い所から一気に落ちるあれだ。

「雛形、高い所苦手じゃなかったっけ」

「……大丈夫」

移動中、話しかけてもどこか素っ気ない。早々に会話が途切れると、三瀬さんと借りた小説の話をした。まだ半分くらいしか読めてないけど、勧めてくれるだけあって面白かった。

「でしょでしょ。シリーズものだから、読み終えたら、次のも貸してあげる」

「ありがとう」

「どういたしまして。どう思ったか、感想聞くのが楽しみだから、読んでくれるのが嬉《うれ》しい」

照れくさそうに三瀬さんは言った。

そういうものらしい。

自然と俺と三瀬さん、雛形と本間という並びで歩いていた。後ろを歩く二人の会話が弾んでいる様子はない。

「先輩は高い所大丈夫なんですか？」

「俺は普通。得意じゃないけど苦手ってほどでもないかな」

なーんだ、と本間は残念がった。

列の最後尾に並び、一五分ほど待つと俺たちの順番がやってくる。

案内のあった席に座ると、左が三瀬さん、右が雛形となった。

「大丈夫か雛形？」

「……」

ぎゅっと唇を固く結んで、雛形は何も言わない。妙にまばたきが多いし、呼吸も浅い気がする。

「怖いんなら、あの……手、握る？」

こそっと右側に言っているので、三瀬さんには聞こえないだろうし、他の客にも見えないし聞こえないはずだ。

運行中に握っても、他の客にバレることはないだろう。

「握る……」

アナウンスが流れ、アトラクションがゆっくりと上昇していく。

見晴らしがどんどんよくなっていき、遠くの山まで簡単に視界に入った。

雛形のほうは見ずに……というか見ることができなかっただけだけど、手探りで雛形の手を握った。

「わぁー。いい景色ですー！」

「わたしの家、あっちのほうかも」

本間と三瀬さんは景色にはしゃいでいる。

握った手に少し力を入れると、雛形も握り返してくる。

やべ。手汗が……。

一回拭ってから握ればよかった。

一度手を離すと、また繋《つな》いだ状態に戻すっていうのは、ハードルが高い。

「隆之介……」

「うん？」

目をぎゅむっとつむっている雛形。

「死んじゃったら、どうしよう……まだ告白、してない……」

そんな大げさな。

「大丈夫だって。安全安心の遊園地だから」

と言って俺は雛形を励ました。

頂上にやってきたのか、上昇が止まった。

どっくん、どっくん、どっくん——。

ピリリリリリリ、という笛の音がシートに設置されているスピーカーから聞こえ、五秒前からカウントダウンのアナウンスが流れた。

「りゅ、隆之介っ」

「何、何、どした⁉」

「あの……、わたたた、わた、私——っ」

そのあとを続けようとしたとき、景色が下へ一気にスクロールされていく。

「す——らっ」

雛形が何か言った。

考える間もなく急降下とともに腰がふわっと浮き、浮遊感に全身が包まれるとぞわぞわと下腹のあたりが寒くなった。

「うきゃー!」

左の三瀬さんは楽しげな悲鳴を上げて、両足をじたばたさせていた。

「きゃーっ、やーんっ」

似たような種類の黄色い歓声を上げているのは本間だろう。

急降下が止まり、今度は急上昇。また急降下。

それが二度ほど繰り返されると、ゆっくりと下まで降りていき停止した。バーのロックが外れ、上に戻しても、まだ雛形は手を握っていた。

「雛形、終わったぞ」

「あ、うん……」

放心状態だったので、俺がバーを上に戻してあげた。

ちょうど繋いでいたので、手を引いて立たせてあげる。

「なんだか、足下がふわふわする……」

「そうだな」

あのとき、何を言ったんだろう。

「雛形、降りる瞬間、俺に何か言ったよな？」

「………」

言ったっけ、とでも言いたそうに眉をひそめると、ようやく思い出したらしい。無表情だけど顔色は赤い。

「……何も言ってない」

「いや、言ったって。思い出したみたいな顔しただろ、今」

ふるふる、と雛形は首を振る。

「言ってない」

「えぇ？」

そうか……？　俺が多方面で極限状態だったから何かと聞き間違えたのか……？

「あ。くらちゃんたちが待ってる。あそこ」

握ってない手で雛形はフリーフォールの外を指差した。

ほんとだ。杉内がいる。

ふと我に返り、がっつりまだ手を繋いでいることに気づいた。

名残惜しさがまだある中、そっと手を離す。

「行こう。待ってるみたいだし」

次のお客さんの邪魔にもなる。

ゲートを出たあたりで、雛形に袖を引かれた。

「ま……待って」

「ん？」

「あとで、かん……観覧車……乗りたい……」

どきん、としたけど、たぶん俺が思っているような意味じゃないんだろうな。

「乗るだろう、観覧車は。最後に行こうな」

「うん、そうなんだけど……」

雛形は首を小さく振ってこの話を終わらせた。

というか、高い所は大丈夫なのか。昨晩の妄想では高い所が苦手っていうのをさっぱり忘れていたけど。

「私も、お弁当作ってくればよかった」

「どうせ眠れないんなら、いっそのこと――って？」

「うん」

一晩かけて作った弁当は、かなりの量になりそうだな、と俺はのん気に考えた。

8　張り合う美少女と二の腕

杉内《すぎうち》たちと合流すると、コインロッカーに預けていた本間《ほんま》の手作り弁当をみんなで食べることにした。

それほど量がなかったので、売店からフライドポテトやフランクフルトを買ってきて、シェアすることで量を調整する。

「結局ジャンクなもんが一番うめえんだよ」

フライドポテトにフランクフルトの余ったケチャップをつけて杉内が言う。

弁当を作ってきた本間を全否定する発言だった。

妙な空気になると、小皿に取った麺類を食べた雛形《ひながた》が言う。

「パスタも焼きそばも美味《おい》しいよ。冷たくても気にならないし」

内《うち》之《の》倉《くら》さんも同意した。

「だね。男子は足らないだろうけど、女子四人だけって考えると、適量かも」

「デリカシーのない杉内先輩はともかく……ありがとうございます。作ってきてよかったです」

「別の売店でパンケーキやクレープ売ってたから、スイーツを食べることを考えると、わたしはちょうどいいよ」

　三瀬《みせ》さんもフォローをする。

　女子はともかくとして、男子高校生の食欲と胃袋を過小評価していると言わざるを得ない。

　それら全部食ったとしても、俺はまだまだ足りないぞ。

「……味は美味しいけど、炭水化物ばかりでバランスは悪い」

　チクリと雛形が言うと、本間が笑顔を返した。

「あ、雛形先輩に作ったわけじゃないんで」

「野菜がないから、色どりもよくない」

「自分は作らずに文句だけ言うなんて、ネット民みたいですねー？」

　淡々と言う雛形と、笑顔で応える本間。

　言葉を交わせば交わすほど空気がピリついていく。

　……他の三人は誰も何も言わない。

　内之倉さんは意に介さずって感じで口を動かしているし、杉内はかかわるまいとしてか、顔を伏せている。三瀬さんは気まずそうに目をそらしていた。

何か言えよ、みんな。

俺はわざとらしく咳払《せきばら》いをして会話に割って入った。

「本間が慣れないのに朝早起きして作ってくれたわけだし、杉内みたいに文句言うのはやめよう」

「私は、お弁当を作るときはちゃんとバランスも色どりも考えている」

結構まともなことを言ったはずだった。

「だから何ですか。じゃあわたしも今後は先輩にお弁当作ります」

無視された……。

「ダメ」

「どっちを食べるかは先輩が決めることですから、雛形先輩が横から口出しするのっておかしくないですか？　何ですか、幼馴《おさなな》染《じみ》特権ですか。じゃあ後輩特権で『先輩に尽くす』を発動です」

「ど、どっちにしろ、隆之《りゅうの》介《すけ》は私のお弁当を食べる」

「あ。そっか。雛形先輩は、自信がないんですね。先輩がわたしのお弁当しか食べなくなっちゃうから」

「……」

雛形の唇がわなわなと震えている。ああ、これは結構怒ってる。

「三瀬さん、スイーツのお店ってどこ？」

「それ、あっちのほうに――」

「じゃあ、ちょっと行ってこようかな」

「オレも行く」

堪《たま》らず俺と杉内が席を立ち、スイーツをメインに扱う売店でメニューのいくつかを買い、みんなで食べた。

その頃には、雛形と本間の冷戦は終わりを告げており、いつもの様子に戻っていた。

三瀬さんは、ほんの少し食べるとパシャパシャ、とみんなの写真を撮っていた。

「あとで送るね」

自分は全然入らない三瀬さんは、撮っているだけで満足そうだった。

そこそこ空腹が満たされたこともあり、俺たちは席を立つ。

「すぎっちだけだと、物足りないっていうか」

内之倉さんの感想がすべてを物語っていた。

乗ったり、並んだり、そういう時間を共有して、みんなとわいわいやるのが内之倉さんはお好きだったらしい。

午後はちゃんと六人で回ることになり、話し合いながらアトラクションをどう回るか決めていった。

撃沈した杉内は、終始へこみっぱなしだった。

「オレらにはまだ観覧車がある。なあ、殿村《とのむら》！」

デカい声で俺を巻き込んでくんなよ。

ジェットコースターから午後ははじまり、水を被《かぶ》る急流すべり、箸休めみたいなゲーセンコーナーを回っていく。

園内の人が増えたせいか、待ち時間がかかってしまい、全部は乗れそうにない、という結論に至った。ただ、観覧車に最後に乗りたいというのは全員同じだったので、最後は観覧車に乗ることにした。

人気アトラクションの観覧車にも順番待ちの人が列を作っている。

俺たちが並んだあたりでは、約三〇分待ちという看板が立てられていた。

「定員は四人、か」

注意書きにある文章を杉内がぽつりと読んだ。

「そんなもんだろ。ゴンドラじゃないんだから」

さっきからタイミングが悪く、アトラクションの隣にくるのは、杉内だったり本間だったり三瀬さんだったりした。

　みんなのいる前で「一緒に乗ろう」と雛形を誘う勇気が出なかったせいもある。

「のぶ子ちゃん、乗ろう」

　内之倉さんが三瀬さんを誘った。

「い、いいの？　わ、わたし一人余るんじゃないかって、ドキドキしてたんだ……」

「うん。もちろん」

　誘っても不自然じゃない空気を内之倉さんが作った。

　これはいいアシスト。

「うっちー、お、オレは⁉」

　焦っている杉内に、内之倉さんが何か目配せをしている。

「せーんぱい？　ご一緒してもいいですか？」

　するっと隣に本間がやってきた。

「あ。俺は――」

　どう断ろうか考えていると、杉内が割って入った。

「本間ちゃんは、オレとな！　なっ」

「えぇぇぇぇぇぇ⁉」

白い歯を輝かせながら笑う杉内とは対照的に、本間はすげー嫌そうな渋面を作っていた。

「りゅ……殿村くん、の、乗る？」

雛形が控えめに誘ってきた。

「お、おう。……一人ずつ乗るのも、アレだしな」

ありがとう、一緒に乗ろう——とは、正直に言えなかった。

素直に喜ぶのも、周りの目が少し気になって憚《はばか》られた。

もっと別の言い方なかったのかよ、と言ったあとで後悔した。

列がどんどん前へ進んでいき、あと数組で順番が回ってきそうなところまでやってきた。

「今さらだけど、高い所は苦手なんじゃなかった？」

絶叫系が好きなイメージは雛形にないし、フリーフォールで思い出したけど高い所は苦手だったはずだ。

「大丈夫？」

「慣れた」

「慣れた……？」

フリーフォールやジェットコースターに乗ったからか？

「観覧車はゆっくりだから」

速度によるもんなのか？

「ゆっくりだと、滞在時間が長くなるよ」

フリーフォールに乗ったときの、死を覚悟したような青い顔を思い出すと心配になる。

「…………」

無言になった雛形は、唇を噛《か》むように口を閉じている。

「もしアレなら——」

続けようとする俺を雛形が遮り、背を向けた。

「……じゃ、やめとく……楽しんできてね」

うっすらと見えた横顔が、悲しげに映った。

雛形は列から出ていくと空席のベンチへと歩いていく。

「へっ？　あれ？　ひながっさん、どこ行くのー？」

杉内が気づいて声をかけたけど、聞こえてないのか、聞いてないフリなのか、雛形はどんどん離れていく。

……心配だからといって、確認しすぎてしまったのかもしれない。

「ひながっさん、トイレ？」

「あいつ、本当は高い所苦手で——悪い、杉内——ちょっと」

何と言っていいかわからず濁すと、俺も雛形のように列を外れ、あとを追いかけた。

高い所が苦手だなんて、そんなの、本人が一番わかってることだろう。

それでも何も言わずみんなと列に並んで、一緒に乗ろうとしていた。雛形は、相当な覚悟と勇気を振り絞ってたんじゃないか。

「おい、雛形」

声をかけると、逃げるように早歩きになる。

「待てって」

「隆之介は、本間さんたちと楽しんでくればいい。どうせ私は高い所がダメで一緒に乗っても楽しくないだろうし」

横から覗《のぞ》き込むと、目元が赤く瞳に涙が浮かんでいるのがわかる。

変な誤解をさせた俺のせいだ。

「話聞けよ。そういうつもりで言ったんじゃないんだよ」

逃げないように雛形の手を摑《つか》み、そばにあったベンチに座らせ、俺も隣に腰かけた。

「無理して乗るなって言いたかったんじゃなくて……もしアレなら、俺も乗らずに一緒にみんなを待とうかなって、言おうとしたんだよ」

「どうして。観覧車、楽しみなんじゃないの？」

「……そりゃな」

ちょっとくらいは楽しみだったよ。

変な空気になってキスするかもしれんって妄想をする程度にはな。

「じゃあ乗ってくればいい。まだ間に合う」

「……観覧車に乗りたいのはそうだけど……その、誰と……乗りたいかだろ、あれは」

顔を背けながら、ぼそっと小声で言った。

「え？」

雛形の反応を窺《うかが》うことはできない。遠回しに好きだって伝えてしまったような恥ずかしさがある。

「いやだから怖いなら無理すんなってこと。フリーフォールのときに死にそうな顔してただろ。んで一人で待つんなら付き添ってやろうと思って。それだけ」

俺はぼそぼそとした低い声で、早口で取り繕うように言った。

「……早とちりして、ごめんなさい」

「いいよ。俺も言い方よくなかったし」

心配そうに杉内たちがこちらを見ている。順番が迫っているから、俺たちがどうするか気になるんだろう。

何かを触っているのがわかる。それは携帯だったらしく、杉内から電話がかかってきた。

『殿村、次だぞ。乗るんなら早くしねえと』

「ここで待ってる」

『あー……オッケー、わかった』

細かいことを訊《き》いてこないので助かる。

やがて順番が回ってきて四人はゴンドラの中へ入っていった。

「隆之介、優しい」

思わず笑ってしまった。

「どこが。優しくねえよ」

俺が上手《うま》く伝えられなかったせいで、誤解させて泣かしてるんだぞ。

否定するように雛形は無言で首を振った。

なんとなく会話が途切れ、杉内たちが乗り込んだ観覧車がゆっくり回っていくのをぼんやりと眺めていた。

二人ずつで乗る予定だったのに、ちらっと見えたそこには、全員が乗っていた。

「みんなで乗ってるっぽい」

探している雛形に指を差して教えるけど、伝わったかどうかは怪しい。

ゴンドラ内で騒いでるんだろうなというのが、想像できる。

「……アイツとは、最近どうなの」

会話がなくなったので、暇つぶし程度に訊いてみる。

この話題は、雛形が切り出すよりも俺が尋ねるほうが増えてしまった。

どうなっているのか、実際かなり気になる。

「仲はいいほうだと、思う」

「あ、そう……」

何を期待してんだろうな、俺。

「でも、なかなか踏み出せない」

「そっか」

ああ、そうだ――。

たぶん、この話題を雛形に振っているのは、仲が悪くなったとか、アイツに彼女ができていたとか、もう好きじゃなくなったとか、そういう答えを待っているからだ。

だから事あるごとに俺は確認をしてしまうんだと思う。

「女の子として、見られていない気がする」

友達としては仲がいいけど、オンナとして見られていないって話か。

「どうしたらいいと思う？」

俺が聞きてえよ。どうすりゃいいんだよ。

答えに窮していると、雛形が質問を重ねた。

「隆之介は、どういうときに女子を感じる？」

そりゃ、直球で言うとパンチラしたときだろうな。

絶対言わねえけど。

「女子を感じるとき……。それ以外だもんな……」

「それ以外？」

「あ、いや、何でもない」

頭を悩ませた結果、今日の出来事がふと思い浮かんだ。

「今日三瀬さんが、微妙にメリーゴーランドから降りられなくて困ってて、手を貸したときに二の腕を触っちまって……あれは、女子を感じた気がする」

「…………」

的を射た。俺の中ではかなり上手く回答したはずだった。

でも雛形は無表情でこちらを見つめている。目に軽蔑の色が混じっている気がした。

「二の腕……？」

「女子って柔らかいんだなって、思ったから。男子はゴツっとしているって本間も」

「──どうして本間さんが出てくるの」

冷たい声だった。

「え。そう、言われたから……」

「…………」

また冷たい目をされた。

てか何でこんなに質問責めされてるんだよ。

俺が浮気したみたいな勢いだな。

「隆之介は、二の腕を触れば女子を感じるってこと？」

淡々と事実を確認してくる。

「そう、かな？」

二の腕じゃなくてもいいと思うけど。

「……」

そっと、雛形が座り直す。拳ひとつぶんほど距離が狭まった。

「さ……触ってみる？」

恥ずかしそうに口ごもりながら雛形は言う。

「触る？　二の腕を？」

「……」

雛形は頰《ほお》を染めながらこくん、とうなずいた。

おいおいおい。

雛形。

二の腕ってどういう場所か知ってるのか？

杉内曰《いわ》く、おっぱいと同じなんだぞ。

二の腕を触るってことは、もうおっぱい触ってるのと同じ。

何で急に……。

——あ。異性として見られていない気がするっていう相談から、俺がどうしたら異性を感じるかって内容にシフトしていった。

具体例としてたまたま思いついた二の腕の話をして、今、俺にそこを触らせようとしている。

あ、アイツって、俺なのか……？

雛形、俺のことが好きなのか？

だから二の腕《おっぱい》を触らせてもいいって思ってるのか？

「い、いや……やめとく」

二の腕触ったら想像が膨らんで鼻血出るかもしれん。

「そう……」

ちょっと悲しそうだった。

触ってほしかったのか。二の腕を。

雛形は自分でふにふに、と二の腕を揉《も》みはじめ、じっと俺の肩のあたりを見つめた。

「隆之介のは、触ってもいい？」

「ああ。うん。どうぞ」

「失礼します」

礼儀正しいな。

伸ばした手でそっと肩口から肘にかけて触っていった。

何か気づいたのか、雛形は目を瞠《みは》り俺の腕のあちこちを突《つつ》いたり揉んだりした。

「固い。骨もおっきい」

野球をやめて筋肉が落ちたから、今はそうでもないと思うけど、それでもはっきりとした違いがあったらしい。

「男の子、なんだね。隆之介も……」

「何だと思ってたんだよ」

雛形は苦笑いをすると「そういうわけじゃないんだけど」と弁解をした。

「頭の中では、小学生くらいのときのイメージでいたから、触ってみて、改めて大きいんだなって実感して。触らなくても見ればそんなことわかるのにね」

雛形は、本間や三瀬さんたちと比べると、柔らかくなさそうだ。

とくに最近は部活がハードだから、かなり引き締まってそう。

杉内が余計なことを言うせいで、二の腕を触るイコールおっぱいを触るっていう認識になっちまった。今後も二の腕を触りたいって言えないんだろうな、きっと。

観覧車が一周し、四人がゴンドラから出てくる。

手を振っているので、俺も手を振り返した。

どうして乗らなかったのか、誰も深く訊こうとはせず、日が暮れはじめていたので、出口のゲートへ歩を進めていた。

昨日眠れない中で考えていた妄想とはまったく違ったけど、総じて楽しい遊園地だった。

駅直通のバスに乗り込み、疲れた体をシートに預けて揺られていると、隣にいる杉内がみんなの顔を見て言った。

「またみんなで来ようぜ」

「口にすると何でこんなにダサいんだろうな……」

　俺が首をかしげていると、後ろにいる本間が教えてくれた。

「先輩、たぶんそれは、誰が言うかじゃないですか」

「ああ、なるほどな」

「おぉいっ」

　笑い声が起きて、まあいいや、みたいな顔をして杉内は前を向くと、ぽつりと言った。

「なんか、気ぃ遣わせて悪かったな」

「え？　何が」

「いや……何でもねえ」

　首を振ると、自虐っぽく杉内が笑う。

「上手くいかねえのな。あれこれ考えていても、いざ二人きりになると全然ダメで、死ぬほどテンパったわ」

　わかる。

　反省することがお互いありそうだった。

　駅に到着すると、やってきた電車に乗り込んだ。

　車内でしゃべる人は誰もおらず、俺も含めみんな寝ていた。

それぞれと別れ、自宅の最寄り駅に着くと、もう外は暗かった。

グループとはいえ、これだけ長時間一緒にいたのは、以前のラブホ事件以来だ。

「来週の土曜日、試合がある。インターハイの予選」

「おお。頑張れよ」

あの約束をしてから、もう何試合もこなしているはずだけど、雛形が例の条件をクリアしたとは言わない。

だから、なかなか達成できずにいるんだろう。

「雛形って、スタメン？」

「たぶん」

「見に行こうかな」

「それは、いい……見なくていい」

「何で？」

「見られているって思うと、緊張するから」

その気持ちはわからんでもないな。

「でも、頑張る。二〇点、取れるように」

インターハイってやつは、名前だけは知っていて説明されるまでピンとこなかったけど、野球でいうと甲子園みたいなもんだと聞いた。

それが近いんなら鼻息も荒くなるだろう。

雛形を家まで送り、別れを交わした。

「今日は早く寝ろよ」

「隆之介もね」

こうして、一日が終わっていった。

9　多忙のすれ違い

バイトがない日は、ほぼ教習所通いだったおかげか、俺は通常よりも進行具合が早いと教官が教えてくれた。学科とやらで交通ルールを覚えるのは大変だけど、バイクで教習所を走るのは楽しかった。

クラッチを繋《つな》いで、アクセルを捻《ひね》るとブロロロ、と音を立ててバイクは進む。

単純なアクセルとブレーキだけじゃないミッション車は、デカいおもちゃを操作しているって感じがして、何回乗っても飽きることがなかった。

馬を駆るってこういう気分なんだろうか、と中世の騎士に思いを馳《は》せることもあった。

ただ、免許を取ったところで肝心のバイクがないんじゃ意味がない。

進行具合を話した上で母さんに車検代を立て替えてもらうお願いをしたら、教習所代と同じくあっさり了承してくれた。

「何で？　いいの？」

提案しておいて、不思議になった俺は尋ねた。

「思った以上に本気だったから。バイトも真面目に頑張ってるし、それがない日は教習所通いだし」

と、母さんはむしろ嬉《うれ》しそうだった。

車検はこの前のおっちゃんのところにお願いすることになった。車なら二週間ほどあれば戻ってくるそうだ。

異常があれば、修理やパーツ交換をするから、その分代金がかさむらしい。

「車の場合だけどね」と母さんは言うけど、バイクも同じだろう。

そうして、バイクをおっちゃんに預けた。

学校生活はというと、あれから変わりはなかった。

大会が近いから、雛形《ひながた》は朝も昼も放課後もバスケ漬け。

遊園地前と同じで、会話をする機会は減ったままだ。

授業中や休憩中、俺はときどき寝ているし、お疲れの雛形も寝ていることが多々ある。

隣同士といえど、こうなってくると起こしてまで話す話題ってのがないので、そのまま寝かせてあげることがほとんどだった。

そんなとき、母さんが体調を崩した。

病院で診察してもらった結果、検査入院をすることになり、一泊二日だと聞かされていたけどそれは、三週間の入院となった。

詳細は遠方から駆けつけた母方のじいちゃんに伝えられ、病院で大人しくしてれば問題ないとじいちゃんは俺に教えてくれた。

そんなわけで、束《つか》の間《ま》の一人暮らしがはじまった。

親戚付き合いがあるほうじゃないので、親戚の誰かが手助けしてくれる、なんて提案もなかったし、あってもたぶん断っただろう。

「けど、楽しいな、一人暮らし」

一戸建てに自分一人しかいないっていうのは少し寂しいけど、母さんが帰ってくるまで何をしていても怒られない、というのは、夢みたいな話だった。

そんな平日が続いた金曜日の放課後。

今日はバイトも教習所も行かない完全なオフだった。

のんびり家で過ごそうと思っていると、ピンポン、と呼び鈴が鳴らされた。

「あー、はいはい。ちょっと待ってください」

こっそり通販で買ったエロいＤＶＤの配達だ。たぶん。母さんがいないとこういうことができるんだよなぁ。気兼ねなくリビングで見られるし。

ハンコを手に玄関を開けると、本《ほん》間《ま》がいた。

「来ちゃいました」

お尻のあたりに両手を回し鞄《かばん》を握っている本間は、首を少しかしげて俺の反応を楽しそうに窺《うかが》っていた。

「ハンコ押してやろうか」

「じゃ、ほっぺにお願いしますっ」

ここ、ここに、と本間は指を差す。

「やらねえよ。冗談だ。何か用か」

「杉内《すぎうち》先輩が来たんじゃないんですから、その反応やめてくださいよ」

むう、と本間は怒ったように頬《ほお》を膨らませた。

「いや、悪い。つい」

エロいＤＶＤだと思ったのに。

「三瀬《みせ》先輩から聞きました。今、お母さんがご入院されているって」

「ああ、まあな」

「不肖、本間小夏《こなつ》、及ばずながら先輩のお世話をさせていただこうかと……！」

「お世話って……そんな世話になるようなことはないけどな」

一人暮らしがはじまって数日。

俺は案外綺麗《きれい》好《ず》きらしいということがわかった。

料理は適当に作るだけだけど、洗濯や掃除は、意外なほどマメだった。

「とか言っちゃって、ぐちゃぐちゃなんじゃないですか？」

本間が全然信じてくれないので、スリッパを用意し、上がって見てもらうことにした。

リビングとキッチン。あと俺の部屋。

ピカピカってほどじゃないし生活感は残っているけど、片づいていると言えるだろう。

「何でちゃんとやってるんですかっ⁉」

やってちゃ悪いのかよ。

「何が不満なんだよ」

「わたし、お掃除してお洗濯してお料理して、先輩に褒めてもらおうと思ったのに……」

俺がきっちりしているばっかりに、本間がしゅんとしてしまった。

「てか、俺が家にいるってよくわかったな」

「だって先輩、教習所に行くときは学校からの帰り道が違うじゃないですか」

なるほど。どの道を帰るか見かけたわけか。家とは方角が全然違うので、すぐわかったらしい。バイトが休みなのは、シフト表を見れば一目瞭然。

「じゃあ、お料理します」

「ありがとう。料理は面倒くさいからあんまやってないんだよ」

「よかったです。頑張って作りますね！」

リビングでぼんやりとテレビを見ようとすると、

「ささ、早くスーパーに行きましょう」

「え、俺も？」

「一緒に作ったほうが楽しいですよ、きっと」

お世話というけど、俺に手伝ってほしいらしい。

……遊園地のときもそうだったけど、放っておいたら微妙にズレた物を作りそうだ。

心配になったので俺も買い物に付き合うことにし、自転車を出して二人でスーパーへ向かった。

到着すると、カートにレジカゴを載せた本間と一緒に生鮮食品コーナーから見ていく。

「本間って料理得意なの？」

「そこらへんのＪＫ程度にはできますよ」

一般的なＪＫがどれほどの腕なのかわからないんですけど。

「遊園地のとき、パスタと焼きそば作ってたもんな」

「あれは忘れてください！　ラインナップ間違えたんですから」

「美味《うま》かったよ。組み合わせはアレだったけど、料理自体は普通によかった」

「んもう、先輩のツンデレ」

つんつん、と俺の腕を突《つつ》いてくる。

「で、何を作るか決めてんの——」

訊《き》こうとしたら、とすん、と軽い衝撃が太もものあたりにあった。

「りゅーくんっ」

雛形の妹の涼花《すずか》——通称すーちゃんだった。保育園帰りらしく、おばさんと一緒だった。

「すーちゃん、久しぶり」

「うんっ」

ぎゅむっと足にしがみついて顔をこすりつけてくるすーちゃん。

よしよし、と俺は頭を撫《な》でた。

目で俺はおばさんに軽く会釈をしておく。「こんにちは」と本間も挨拶をすると、お互い簡単な自己紹介をした。

「あ、そうそう。隆之《りゅうの》介《すけ》くん、バイクに乗るんですって？　教習所も通って、バイトもしてて……偉いわねぇ」

「いや、全然。そんなことないですから」

「お母さんも入院したって聞いて……」

気の毒そうにおばさんが言うので、俺はすぐに首を振った。

「長い入院じゃないんで、大丈夫ですよ」

「うちに来る？　隆之介くん一人なら、ついでみたいなものだし」

「あぅっっっっっ!?」

提案が衝撃だったらしく、すーちゃんが目を見開いてフリーズしている。

「そこまでお世話になるわけにはいかないですよ」

他に家族がいるとはいえ、雛形と同居することになる。

それはそれで俺のほうが耐えられない。

「うちっ、りゅーくん、きてっ」

フリーズが解けたすーちゃんが制服をぐいぐいと引っ張る。

「ありがとう。今度お邪魔するから」

はふはふ、と興奮するすーちゃんは、うんうんと何度も首を縦に振った。

世間話も終わると、雛形母娘《おやこ》はカートを押して奥へ進んでいった。

「相変わらず雛形先輩の妹ちゃんはパワフルで可愛《かわい》いですね」

「だよな。常に直球だし」

あんなふうに誘えたらどれだけ楽だろう。

カートを押していくと、携帯を確認しながら本間が食材をカゴに入れていく。

「何作るの？」

「内緒です」

嬉しそうににこりと本間は笑顔を返す。

調味料の有無を訊かれ、だいたい揃《そろ》っていることを伝えた。他の家庭がどうかわからないけど、うちの母さんもそこそこ料理はするほうだ。

こうして、数百円分の食材を買い、家へと戻ってきた。

やれジャガイモの皮を剝《む》けだの、人使いの荒い本間の指示に従って準備を二人で進めていく。

「皮剝き終わったけど、他何かある？」

「あ。そういえばご飯を炊いてません」

「わかった、炊くわ」

「お願いします」

連携でまごつくこともなく、調理実習よりも順調に夕飯は作られていった。

炊飯器が炊きあがりを知らせてくれた頃には、盛りつけられた肉じゃがと小鉢に入ったほうれん草のお浸しが完成した。

「……カレーだと思った」

「ふふふ。違いますよ先輩。初心者のキャンプじゃないんですから」

たしかに定番だけど。

そういや、雛形はカレー作ってくれたっけ。

「おかわりはあるので、たくさん食べてくださいね」

テーブルのあっちとこっちに座り、いただきますをして夕飯を食べる。

ズレているところがあるから大丈夫か心配だったけど、普通に美味《おい》しい。

「どうですか？」

「うん、美味いよ」

「でしょ。わたし、お料理結構できるんですから」

方向性を間違うことがあるけど、腕はたしかなようだ。

本間はにこにこ、と俺が食べているのを眺めている。

「食べないの？」

「はい。もうちょっとしたらいただきます」

「冷めるぞ？」

「先輩とこんなことをしているのが、なんだか信じられなくて」

どういう意味か計りかねて、俺はしゃべることなくもぐもぐと口だけを動かした。

「この光景を見ているだけでお腹《なか》いっぱいというか、胸がいっぱいというか」

「美味いぞ。本間の料理」

「ありがとうございます」

早く食えと急《せ》かすと、ようやく本間は箸を動かした。

「……また作りに来てもいいですか？」

方向性さえ間違わなければ、ちゃんとしたものを作ってくれることがわかった。

バイトがあれば、まかないとして三〇〇円ほどで店のメニューが食べられるけど、バイトがない日は、スーパーやコンビニで適当に買ったもので済ませていた。

夕飯を作ってくれるのは素直にありがたい。断る理由はなかった。

「迷惑じゃなけりゃ」

「全然迷惑じゃないです。むしろ、楽しいです」

それならいいけど、と俺はジャガイモを摑《つか》んで頰張《ほおば》った。

八時のニュースを見ていると、本間がぽつりと思い出したように言う。

「明日の土曜日かららしいですね。インターハイっていうやつ」

「……ああ、その予選な」

高校野球の感覚でいたから気づかなかったけど、一般的に三年が最後の大会になるのはこの大会で、その地区予選は野球に比べてかなり早い。

「剣道部の一年の男子に告られたんですよぅ。その地区予選で個人ベスト4にいったら付き合ってほしいって」

「一年でベスト4ってすごいんじゃないの」

「っぽいですね。でも向こうが出した条件をクリアしても、なんか、そっちの自己満足じゃないですか。わたしを頑張る理由にしないでほしいと言いますか、そうしないと頑張れないのかなって思います」

……また辛辣なことを言うな、こいつは。

「考えといてほしいって言って逃げちゃったんですよ、その男子。好きな人がいるから答えなんて考える間もなくノーなのに。それを察知したんですかね」

——好きな人がいるから答えなんて考える間もなくノーなのに。

あ……。

じゃあ、雛形もそうなんじゃないか。

告ればワンチャンある、くらいにうっすらと思っていたけど、そりゃ、そうだよな……。

好きな人がいるなら、可能性はゼロだ。俺と付き合う未来なんてない。

俺は、何をそんなに夢見てたんだろう。

「女子のリアルを突きつけるの、やめてくんないかな」

「あはは。先輩は違いますよ」

一緒なんだよなぁ。その剣道部の男子と。

「片想《かたおも》いしているやつを、現実で切り裂くのはやめてやってくれ」

「優しくすると、まだワンチャンあるってしつこくされたりしますし、キツめにフって消えるならその程度の恋です」

「うわ、強っ」

スーパーメンタルの持ち主だった。

「片想いの辛《つら》い時間が長いほど、実ったときはヤバいと思いませんか？」

めちゃくちゃポジティブだな、本間は。

「そうかな」

ニュースと天気予報はいつの間にか終わっていて、バラエティ番組がはじまっていた。

「最後に勝てば勝ちなんです」

メンタルが強すぎて参考になるような、ならないような。

けど、そのポジティブな考えはちょっと尊敬する。

夕飯の片づけを二人でしていると、空になった皿を洗いながら本間が言う。

「全部食べちゃうなんて思いませんでした」

「男子高校生を子犬かなんかだと思ってないか」

「先輩は、獰猛《どうもう》なワンワンだったんですね？」

いたずらっぽい目で俺を覗《のぞ》き込む。

「獰猛かはわからないけどな」

食器を洗い終えると、お礼として棚の奥にあったお客さん用のお菓子を出してテレビを見ながら雑談をしていた。

「もう夜遅いよ」

暗に帰らないのかと尋ねる。

バイト終わりを考えれば、夜の九時は許容範囲だろうけど、今日はバイトではない。

「先輩、明日のご予定は？」

「昼前から夕方まで教習所。で、一七時からバイト」

だったはず。ついに卒業試験が見えてきて、バイクの免許取得まであと少しというところだった。

「同じ時間からわたしもバイトです。先輩の家から行ってもいいですか？」

「ん？　俺んちから？」

話が見えず首をかしげると、本間は真面目な顔をして見つめてくる。

「泊まってもいいですか？　って聞いているんです」

◆雛形◆

暗くなった帰り道を雛形は歩いていた。

明日が試合ということもあり、今日は軽めの練習メニューで、いつもより早く部活が終わった。

隆之介は、バイトと教習所で忙しいらしい。それと同じくらい、自分も部活で頭がいっぱいだった。三年生にとっては最後の大会と位置づけられ、試合に負ければ、引退ということになる。

夜、学校まで何度か隆之介が迎えに来てくれたことがあり、それを嬉《うれ》しく思ったのだけれど、忙しい中、何時だとはっきりわからない部活の終わりを待ってもらうのも気が引けて、迎えに来なくても大丈夫だと伝えた。

以来、彼が迎えに来たことはない。

自分で言っておいた手前言いにくいのだけれど、練習後、真っ先に携帯を確認してしまう。

来なくてもいいと言ったけど、何だかんだで来てくれるのではないか、と期待してしまう。

「ただいまー」

玄関でローファーを脱いで鞄《かばん》をどかっと下ろすと、とてとて、と末の妹の涼花がやってきた。

「しーたん、しーたん。きょう、りゅーくんあった！」

「え、そうなの？」

「いえ、くる！　りゅーくん、こんどくる！」

「や、約束したの？」

「うんっ」

輝くような笑顔で、涼花はそれだけを伝えるとリビングのほうへ戻っていった。

脱衣所へ向かい鞄から洗濯物を出して洗濯機へ入れていると「今日は早かったのね」とダイニングのほうから母が尋ねた。

「うん。明日が予選だから、軽めの調整だった」

「あ、そうそう、栞《しおり》、今日隆之介くんに会ったわよ」

「聞いた。涼花から」

部活が終わったあと、制汗スプレーやシートで体を拭いたりするが、手の届かないところは余計にベタついて感じる。

夕飯の準備をしてもらっている間に、シャワーを済ませてしまおうかと考えていた。

「スーパーでね、会ったんだけど。可愛《かわい》い子と一緒だったわよ」

「え？」

隆之介が一時的に一人暮らしをしているというのは知っている。

食材に困れば近所のそこへ足を運ぶこともあるだろう。

「本間さんって子。知ってる？」

「……そう……。知ってる、一応」

バイト先も同じで、三瀬曰《いわ》く付き合っているふうに見えたそうだ。

遊園地でも二人きりになっていた。会話を聞いていると、二人でお化け屋敷に入ったらしい。

恋人のような雰囲気こそないけれど、そうだと聞かされていれば疑問には思わないだろう。

それくらい、二人の並びに自然な空気感があった。

「おかずちょっと多めに作ったから、隆之介くんちに届けてくれない？　この前来たときにいっぱい食べてくれたポテトサラダときんぴらごぼう」

キッチンを覗《のぞ》くと、それらをタッパーに移している母がいた。

「お米はあるでしょうから、おかずがあったら食べるでしょ？」

たしかに、と雛形は納得した。

カップ麺か何かのインスタント食品で食事を済ませているのは容易に想像できる。

「……私も、何か作る」

「えぇ、今から？　夕飯、食べ終わらないかしら」

「い、いい。今日でなくても、明日にでも食べてくれたら」

ふふ、と吐息のような笑い声が聞こえてくる。

自分のレパートリーの中で、自信があるのが卵焼きだった。何度もお弁当に入れて、隆之介にも好評だった。

卵焼きには慣れている雛形は、一〇分とかからず八個ほどの卵焼きを作り、少し冷ましてから使い捨ての容器に移した。

まだ二〇時を少し回った頃。

バイトでいないかもしれないけど、もしいたら、おかずだけ渡して少しの世間話をして帰ろう。

目についたエコバッグの中におかずが入ったタッパーと容器を入れて、家を出た。

きちんと面と向かって話をするのは、遊園地以来かもしれない。

それくらいタイミングがなかった。学校でも、事務的な会話が多かった。次の授業は何だとか、宿題がどうだとか。そういったものばかりで近況を話すことはなかった。

「あっ……もうっ」

殿村《とのむら》家が見えたところで、シャワーをしていないことを思い出し後悔した。

距離を取れば、大丈夫だろう。たぶん……。

制服のシャツを引っ張り、ぱたぱたと風を送り、制汗スプレーのあからさまなにおいを散らしておく。スカートも控えめにぱたぱたとやっておく。

殿村家のリビングとダイニングが明るい。

夕飯を終えてくつろいでいる頃だろうか。

さほど変わらないけど、前髪を手櫛《てぐし》で整えておく。

チャイムを押そうとしたとき、楽しげな声が聞こえてきた。

「あはは。えーっ。でもそれっておかしくないですか？」

「いや、おかしくねえよ。どこがだよ」

「だって。えぇえ？　なくないですか、そんなの」

コロコロと鈴の鳴るような愛らしい笑い声。

――小学生じゃないんだから……。

――本間さんが夕飯までに帰るって何で思ったんだろう……。

スーパーで一緒にいたと母が言っていたのは、きっと今日の夕飯の買い出しをしていたからで……。

そんなことすら想像できなかった自分は、本間に比べていかに子供かを思い知らされた気分だった。

雛形はチャイムを押そうとした手を戻し、どうしていいかわからなくなり、立ち尽くした。

まだ温かかった卵焼きが、急に熱を失っていくように感じる。

中に入ることもできず、しかしこれを渡さず持ち帰れば、母が不審がり理由を訊《き》くだろう。

雛形は悩んだ結果、扉の脇にエコバッグを置き、あとでメッセージを送ることにして、殿村家から立ち去ることにした。

「隆之介くん、もうご飯食べてた？」

帰るなり思った通り様子を訊いてくる母に、「たぶん」と簡単に返事をし、脱衣所の扉を閉めて服を脱いで浴室に入った。

情けないような悲しいような思いが去来する。

シャワーを浴びながら、女性らしさが薄い部活に明け暮れた体を見て泣きたくなった。

お風呂から出ると食欲がなかったので、明日の朝が早いから、と母に言って早々にベッドに入った。

おかずを置いていることを伝えてない。思い出したけれど、気力が湧かなかったのでメッセージは送らなかった。

色々なことを考えはじめるとキリがなく、なかなか寝付けなかった。

上手《うま》く睡眠が取れないまま、部活用ジャージで早朝に学校に集合し、会場とされている大きな市立体育館へ向かった。

ウォームアップ用に開放されている隣の体育館で体を温め、試合を待った。

今日頑張るから、と言えなかった。

自分で隆之介に言った目標は思いのほか高く、あれから十数試合ほどこなしても、いまだに叶《かな》うことはなかった。

今さら目標を達成したとして、意味はあるんだろうか。

……隆之介も忙しいから、もう覚えてすらいないかもしれない。

隆之介に好きな人ができない、と何で思い込んでいたんだろう。

そういう雰囲気が、恋愛相談をしたときにはあったのに。

迎えに来なくなったのも、きっとそういうことなんだろう――。

試合時間となり、両校のメンバーが並び一礼をする。

集中し直さないと。それはそれ、これはこれ。

雛形はぴしゃり、と両手で頬《ほお》を叩《たた》いて、気合いを入れ直した。

試合がはじまり、両校のメンバー外の選手たちの応援とベンチからの声が飛び交う。

取ったり取られたりの試合展開が続く中、徐々にその均衡が崩れ、流れが向こうへ傾きはじめた。

相手校の前評判が高くなかっただけに、嫌な焦りがずっと背後から離れない。体感では、オフェンスよりもディフェンスのほうがずっと長く感じた。

雛形がマークについていた6番が、何度か見たフェイントをする。

一連の動きは6番の癖なのかもしれない――。パスをすると踏んだ雛形は、リスク承知で6番の視線とは逆方向のパスコースへ割り込んだ。

賭けには勝った。

まるで自分へのパスだったかのような送球を奪うと、一気に敵陣へボールを運ぶ。体育館が一瞬どよめき、相手選手の足音が追いかけてくる。

色んな人が何かを叫んでいた。

ボールがバウンドする音と、自分の弾む呼吸の音がやけに大きく聞こえる。

がら空きの敵陣で雛形はレイアップシュートを選択した。

そのジャンプの瞬間だった。

右足にかすかな違和感を覚えた。そのせいか、シュートにわずかなズレが生じた。リングに入らないことがすぐにわかった。

「──リバウンドッ」

誰かの鋭い声。

リング下のポジションに入ろうとすると、ノイズ程度の違和感が痛みへと変わった。はっきりとわかった。右の足首だ。

けど飛ばないなんて選択肢はない。

一ミリでも高く──。

伸ばした右手の中指がボールに触れ、雛形はがっしりとボールを確保した。

どん、と着地の瞬間、激痛が走った。

「──っ」

「栞！」

呼ばれた。

一瞬マークを外した内之倉《うちのくら》へパスを回すと、柔らかいフォームで放ったシュートが綺麗《きれい》な弧を描く。

ふぁさっとリングに触れることなくネットが揺れ、スコアが動いた。

ディフェンス。すぐに戻らないと。

走り出そうとしたのに、痛みで足が動かなかった。

10　背を押す

「泊まってもいいですか？　って聞いているんです」

そう言った本間《ほんま》を我が家に泊めるはずもなく、俺は遅くならないうちに家まで本間を送り届けることにした。

ぶうぶう文句を垂れる本間に外へ出てもらうと、本間が声を上げた。

「あ、先輩。何か置いてありますよ？」

「んー？」

続いて俺も玄関から出ると、脇にエコバッグが置いてあった。

「何これ」

「どうやら、ご飯のおかずっぽいですね」

覗《のぞ》き込み、物色する本間。

「……あー、雛形《ひながた》、かな？」

「来たんですかね」

メッセージは何もない。けどエコバッグは、今日おばさんがスーパーで持っていたやつだ。

まだ卵焼きは温かい。

さっき作って届けてくれたらしい。

あとでお礼のメッセージでも送っておこう。家の中に戻り、テーブルにエコバッグを置く。

「せんぱーい。早くー。帰るなら帰るで早くしないと親が面倒なんです」

「へいへい、わかったって」

急《せ》かされ、俺は本間を送っていった。

家に帰ると、雛形が届けてくれたものか確認するため、メッセージを送る。

けど、返事はない。

明日が試合らしいので、もうベッドで休んでいるのかもしれない。

「来たんなら教えてくれりゃいいのに」

ぽつりとこぼし、その日の返信はないだろうと思い寝ることにした。

結果的に土曜も日曜も雛形からの連絡はないまま、俺は教習所とバイトに週末を費やしていた。

新聞のスポーツ欄に小さくインターハイ予選の結果が載っていたので、どうなったのかは知っていた。

初戦を競り勝ち、二回戦は私立校と当たり敗北していた。

公立高校はだいたいそんなもんだよな、と内心思いながら、学校で何と声をかけようか考えていた。

惜しかったな、か？　それとも、負けた高校ってバスケ強いの、か？　二〇点取るやつ、どうなった……？　いや、ショックを受けているかもしれないし、部活の話題はしないとか……？

雛形からの連絡はまだない。

おかずのお礼から話題をはじめるのが無難なところだろう。

そして週が明けた月曜日。

大会が終わったので朝練はないだろう、とそれとなく雛形を待っても、来る気配がない。

雛形家へ行ってみると、上の妹の彩陽《あやひ》が出てきた。

「あ、兄ちゃんじゃん、おはー」

俺と雛形の母校である中学の制服を着ている彩陽は、家を出る直前といった様子だった。

幼い頃から、俺と雛形と彩陽はよく遊んでいたので、彩陽には兄ちゃんと呼ばれている。

「おはよ。雛形は？　支度中？」

「あれ。兄ちゃん聞いてない？　姉ちゃん、捻挫したんだ。試合中」

「え？　マジで」

「ばりばりヘコんでる。幽霊みたいに陰気度マックスって感じ。骨に異常はないみたいだけどね。それで、学校まではお母さんが車で送迎するみたい」

それで、もう家にはいないそうだ。

ついでにすーちゃんを保育園へ送るそうなので、今はもう彩陽しかいないらしい。

「VIPだよね、車で学校行けるなんて。いいなー」

こんなふうに軽口を叩ける程度の深刻さなんだろうか。

ヘコんでいるのは、試合に負けたからだろう。

雛形家をあとにして登校すると、自分の席に雛形はいた。その脇にはスチール製の松葉《まつば》杖《づえ》がある。

周囲を二、三人の女子が囲み、怪我《けが》の具合を尋ねていた。他のクラスメイトもそれが気になるようで、それとなく気にしているのがわかった。

女子がいるせいで話しかけづらく、挨拶からの話題の切り出し方がわからなくなり、そうしているうちに先生がやってきた。

連絡事項として雛形の捻挫に触れて、手助けできるやつは手伝ってあげてほしい、と言った。

「捻挫、結構ヤバいの？」

朝のホームルームが続く中、俺は声を潜めて訊《き》いた。

「……二週間から三週間くらいだって」

「そっか」

俺も故障で部活を辞めている手前、これに関して何と声をかけていいのかわからない。

「そういや、うちにご飯のおかず持ってきてくれた？」

「お母さんが持って行けって言うから」

訊いてさっと答えられるなら、メッセージを返信してくれればいいのに、と思ってしまう。

「ありがとう。土日で食べきったけど、美味《おい》しかったよ」

「…………そう」

会話に手応えがまるでない。

雛形に似たＡＩが自動的に回答をしていると言われても納得しただろう。

彩陽が言ったように、落ち込んでいるのは怪我が原因だろうか。

「雛形家の卵焼きが、やっぱ口に合うんだろうな。一番美味《うま》かった」

俺の一人暮らしを知っているおばさんが、気を遣っておかずを作ってくれたんだろう。

雛形がちらりとこっちを見て、また前を向く。

「どうかした？」

「ううん……」

首を振る横顔から見える瞳は、やっぱりヘコんでいるように映った。

バイト先でああだこうだ、もうちょっとで免許が取れそうだとか、俺の近況を伝えても雛形の反応はにぶい。

部活と怪我とそれ以外に原因があるとすれば、失恋くらいだろうか。

こんなにヘコむのを目の当たりにすると、やっぱり素直には喜べない。

元々無表情で淡々としている雛形だけど、元気がないわけじゃない。

「アイツにフラれた、とか？」

思いきって訊いてみた。

考えるような間があり、雛形は質問を返してきた。

「隆之介《りゅうのすけ》は、今好きな人、いる……？」

「え？　お、俺？」

雛形の唇がゆるく山なりのカーブを描いていて悲しげだった。

イエスなんだけど、言っていいのか。

変なことじゃないよな……？　雛形だって、片想《かたおも》い中であることを俺に教えている。俺が教えても、これでおあいこだ。

「い、いるよ」

本人にそう言うのも恥ずかしいけど、言っちまった。ついに、言っちまった。

「………そう。頑張ってね」

それは、どういう意味だろう……。

言葉にこれといった感情がないので、予想するにしても情報が少ない。

『す、好きな人いるんだ？　へ、へえ。だ、誰？　どんな人っ？』

幼馴《おさなな》染《じみ》ってそんなイメージがあるけど、そんなキャラでもねえしな。

まあ、さすがにそんなふうにはならないだろうと思ったけど、この反応は予想外だった。

先生が教室から出ていき、教室に喧騒《けんそう》が戻った。

先生の話で雛形の怪我に気がついたクラスメイトが、雛形に声をかけていく。

「何かあったら何でも言ってね」

「学校まではどうしてるの？」

というような質問が聞こえてくる。

雑談をする隙もなく、チャイムが鳴り、教科担当の先生が教室へ入ってくると、みんなは自分の席へと戻っていった。

俺はさっきの言葉の意味を考えていた。

頑張ってね――。

俺と同じで、応援するということなんだろう。

相手のことを詮索してこないのが気がかりだった。

俺が雛形に打ち明けられたとき、真っ先に相手のことを訊いた。

バレてるのか……？　俺が雛形のことが好きだって。

『へぇ……。まあ、せいぜい頑張ってね？』

あのセリフには、こういう意図が隠してあったんじゃないのか。

イメージ的には半笑いで。

そうなら、もう全然ダメだ。付き合うとかそういうの以前に、相手にされてない感じがある。

ヘコむなぁ……。

少なくとも、頑張ってねってセリフには、自分を俺の恋愛対象から外しているニュアンスが多分に含まれている気がする。

帰り、おばさんが迎えに来てくれるんだろ？　彩陽に聞いた。雛形んちまででいいから乗せてくれない？――なんてお願いも言いにくい。

試合に負けたことや怪我がネガティブな言動に繋《つな》がってるんなら、しばらくはそっとしておいたほうがいいのかもしれない。

先週よりも先々週よりも、学校での俺たちの会話は極端に減っていった。

バイクが車検から返ってくるんだ、とか。バイト先でのどうでもいい話とか。

話したいことがたくさんあった。

けど、声をかけようとしてもなかなかかけられなかった。

怪我のことで手助けしようとする女子が雛形の周りに増えたのもその一因だったし、俺が好きだということがバレていて、もし素っ気ない態度を取られたら、と思うと、ビビっていつものように話しかけられなかった。


その日の放課後は、月一の美化委員全体での活動日だった。

先生の指示に従いながら、花壇の植物の植え替えや水やりの簡単な作業をしたんだけど、しなくてもいいと言われた雛形は、右足が使えないのに慣れたのか、松葉杖なしでけんけんで移動をして水をあげていた。

「先輩、大丈夫ですか？」

「何が？」

水場でジョウロに水を入れていると、本間が声をかけてきた。

「元気がないみたいですから」

「そうか？」

「はい」

そう言う本間もしょんぼりとしているように見える。

「……本間は、モテるだろ？」

唐突な質問の意図を計りかねたのか、少し考えるような間があくと、あっさりとうなずいた。

「はい。モテます」

謙遜ゼロ。自分でもそれを認められるって、太い神経してんなぁ。

「質問なんだけど、自分のことが好きそうなまだ告ってこない男子に、あからさまな態度を取ることってある？」

「はい。もちろんありますよ。防御のバリアというか。わたしにその気はないですよっていうアピールって感じで」

あるのかよ。やっぱ雛形のってそれなんじゃないのか。

「はぁ……そうなのか」

「先輩の元気がないと、わたしも悲しいです……」

いいやつかよ。

「だから、元気出してくださいね！」

本間は、にこっと太陽みたいな笑みを浮かべた。

「ありがと。善処するよ」

少し気が紛れた。

悩んでいるより誰かに話したほうが楽になるんだな。

雛形もそうだったんだろうか。

「……ごめん。水」

雛形がすぐ後ろにきていた。声をかけられるまで全然気づかなかった。

「あ……悪い……」

空のジョウロを受け取り、負担にならない程度に水を入れて雛形に返す。

「……ありがと」

「……おう」

本間は、俺と雛形に視線を往復させている。

「大丈夫？　手伝おうか？」

「……大丈夫」

ジョウロを持った雛形が離れていく。

あれからもう一〇日ほど経《た》っていた。経過は聞いてないけど、順調ならあと一週間くらいで治るんだろうか。

「なるほど……元気がないのはそういうことですか」

本間は呆《あき》れたようなため息を吐いた。

「わたしは、元気な先輩がいいのに、どうしよう……」

「え？」

いえいえ、と本間は困ったように笑う。

「バイク、もう免許取れたんですよね」

「うん。これ、ほら」

俺は得意げに財布から出した免許証を見せた。免許証の写真は、あんまり気に入ってないので、写真の部分は指で隠した。

「へー。もうバイクには乗ってるんですか？」

「時間を見つけてちょっとだけ。夜になることが多いから、ご近所さんから苦情がこないかビビってる」

「あはは。先輩、不良じゃないですか」

「バイク乗ってたら不良って、いつの時代だよ。そんなバリバリうるさいバイクじゃねえから」

本間の軽口に俺も付き合って応える。

「ツーリングでどこか行けると、わたしなら嬉《うれ》しいんですけどねー？」

異性としての本間の意見ほど、頼りになるものはない気がする。

雛形も……そうなんだろうか。

昔した約束を抜きにしても、嬉しいものなんだろうか。

バイクの話を出して、食いついたことがないから、ちょっと怪しいけど。

「バイクの後ろなんて乗ったことがないですし、興味あるんですけどねー？」

「そっか。そういうもんか……」

俺を避けているんなら、誘っても乗ることはないだろう。

はっきりするんなら、もうそれでいいんじゃないのか。

「はぁ……何してるんだろ、わたし……」

ぽつりと本間がこぼした。

「ありがとう、本間」

俺はジョウロをそのままに、鞄《かばん》を置いている教室のほうへつま先を向けた。

「えっ。どこ行くんですか」

「帰る」

「委員会中ですよー？」

制止する気はないんだろう。表情がゆるんでいる。

「そろそろ終わるし、いなくても大丈夫だろ。先生になんか言われたら適当に言っといて！」

駆け出すと、本間の声が飛んでくる。

「今度、わたしも乗せてくださいね！」

俺は手を振って応じた。

11　約束と海

いた。

雛形《ひながた》は、いつものように校門前でおばさんの迎えを待っている。

ブレーキを握り、ゆっくりと減速していき、学校からは死角になる場所にバイクを停《と》めた。

　校門前まで乗りつけようと思ったけど、先生に見つかって注意されるかもと考えると、それはカッコがつかないので、見えないであろうところに停めた。

　ヘルメットを脱ぐのを忘れたまま近づいて声をかける。

「雛形」

　呼ぶと、あからさまな警戒の顔をして、松葉杖《まつばづえ》を武器のようにして構えた。

　あ、そうだ。脱がないと。

「俺だって」

　ヘルメットを脱ぐと、その警戒も解けた。

「隆之介《りゅうのすけ》……バイク、乗ってきたの？」

「うん。おばさん、今日は来ないよ。……俺がアレで送ってく」

きょとんとしたままの雛形は、俺が指差したバイクを見た。

俺は委員会を抜けたあと、大急ぎで雛形家へ向かい、おばさんに雛形の迎えが不要なことを伝え、バイクでまた戻ってきた。

おばさんと入れ違いにならなくてよかった。

「安全運転。マジで。危ないことはしない。雛形が、いいなら、だけど……乗らない？」

どんどん自分の声が小さくなっていくのがわかった。

「いいの？」

「いいのって……いいから必死こいて走ってバイク取りに帰ったんだぞ」

「委員会、いなくなったと思ったら」

「うん。そういうこと」

「本間《ほんま》さんを迎えに来たんじゃないの……？」

「何で本間なんだよ」

「だって、その話、してたし」

あの会話をしたとき、雛形は近くにいなかったと思うけど……どこかにいて断片的に聞いてたようだ。そのせいで変な勘違いをしていた。

「本間じゃねえよ」

普通に話しかければ、案外まともに返ってくることに、内心胸を撫《な》で下《お》ろしていた。

俺が「好きだとバレていて素っ気なくされたら嫌だ」ってビビってたのを、雛形は「距離を取られている」と感じたのかもしれない。

「どうする……？　乗るなら、送るけど」

こくんと雛形はうなずいた。

「……乗る」

「わ、わかった。ちょっと待って」

怪我《けが》をしている雛形を歩かせるのも気が引けて、俺はバイクへ戻り、ほんの少しの距離を押しながら校門まで戻った。

帰っていく生徒には奇異の目で見られたけど、なるべく気にしないようにした。

雛形の松葉杖は折り畳みできるらしくバッグに詰め込んだ。結果、持ち手と足の部分が飛び出ることになった。バッグの口が閉まらなかったらしい。

雛形はバッグの持ち手に腕を通し、リュックのように背負った。

「これ、どうぞ」

俺は持ってきていたヘルメットを雛形に渡す。

ふふ、と雛形が笑った。

「不良になったみたい」

「違《ちげ》えよ」

本間もだけど、バイクに乗るイコール不良って図式どうにかならないのか。

ヘルメットは車庫にあった古いものだった。

本間が乗りたいと言っていたから、被《かぶ》っていた埃《ほこり》はあらかじめ拭いて、除菌消臭スプレーで古臭いにおいも除去している。はず。てかそうであってくれ。

「家にあったやつだから、くさかったらごめん」

念のため、最初に謝って予防線を張っておく。

俺も自分のヘルメットを被り直すと、すぽっと雛形もヘルメットを被った。

「先生に見つかると何言われるかわからないから、さっさと行こう」

シートに跨《またが》ると、キーを回しエンジンをかける。

「お、お邪魔します……」

後ろに雛形が乗り、そっと控えめに腰のあたりに手を添えた。

「マフラー……その銀の筒んとこ、火傷《やけど》するから気をつけて」

「お、おっけー」

ちらっと後ろを見ると、絶叫系マシーンに乗る前のような、硬い表情をしていた。

昔も、乗りたいけど怖いからいいと言っていたことを思い出す。

あ、そうだ。全然考えてなかったけど、後ろに乗るほうは、バイクだとスピードが出るし自転車の二人乗り感覚だと危ないんじゃ……。

「雛形、たぶん、腰のあたり持ってるだけだと危ないから、その……がしっとやってくれ」

「うっ、うん……。いいの？　本間さん、見てるかも」

何で本間が出てくるんだ。

「いいよ」

言うと、俺の腰に雛形が腕を回した。

以前自転車で二人乗りをしたことを思い出した。

「じゃあ、行くよ」

「うん」

ギアを入れクラッチを繋《つな》ぎ、アクセルを捻《ひね》る。

ゆっくり動き出すと、ギアを上げるためもう一度クラッチを繋いだ。

これだけでもう自転車より全然速い。

ぎゅっと摑《つか》まったままで、感想を口にすることがなかった雛形が、最初の赤信号で停車したときに、声を上げた。

「真《ま》っ直《す》ぐ帰るの？」

「え？　そのつもりだけど」

「どこまで行けるの？」

「どこまでって、そりゃ……ガソリンがあれば？」

練習で何度か走っているものの、まだ残量は八割もある。

「海とか、行ってみたい」

「いいよ。怖くない？」

「ううん。ちょっと楽しい」

そりゃよかった。

ヘルメットで聞き取りにくいからか、雛形が声を張っている。そのせいか、普段以上に元気な感じがする。

海へのルートを考えていると、信号が青になっていたのでバイクを発進させた。

海に行くとなると少しだけ遠く、記憶が正しいなら車で三〇分ほどかかるはず。

安全運転の範囲で速度を上げていき、ご要望通り海を目指す。

車窓からでしか知らなかった道は、バイクだと見え方が違っていて、風景が新鮮に感じた。

「隆之介は、バイク、いつか乗るんだろうなって、なんとなく思ってた」

排気音と風の音の中、雛形が声を上げた。

「何で？」

もしかして、と思って訊《き》いてみた。

「だって！　乗せてやるよって約束してくれたから！」

そんなことを言ったのは、あのとき以外にない。

「雛形も、怖いけど俺とならいいって言ってたもんな」

「い、言ってない！　そんなこと」

パシパシ、と雛形が背中を叩《たた》いてくる。

「いや、言ったって」

自然と笑みがこぼれた。

母さんが言うには、このバイクは、月に一度乗るかどうかという頻度だったらしい。

そのおかげか、使い古された様子はなかったし、パーツの損傷も少なくまだまだ現役だった。

海が近づき、海岸線に沿ってバイクを走らせる。沈んでいく夕日と茜色《あかねいろ》に染まる海が見え、雛形が感嘆の声を上げた。

三〇分はかかるだろうと思った海までは、道が空《す》いていたこともあり、一五分ほどで着いた。ヘルメットを脱ぐと、潮の濃いにおいとさざ波の音がする。

俺たちは砂浜へ降りる階段の一番上に座った。

潮風に煽《あお》られる髪を押さえながら、雛形が言う。

「もう、忙しくない？」

「教習所はもう行かなくていいからな」

「そっか」

「雛形も、治るまでは部活出ないだろ？」

「見学しかできないし、気を遣わせちゃうから」

怪我人《けがにん》の気持ちは、俺もよくわかる。

「バイトは、まだ続けるの？」

「車検とか教習所のお金、母さんに立て替えてもらってるから、それを返すまでは続けるよ」

「偉いね」

そうか？　と俺は首をかしげた。

ふと思ったけど、今って完全に告白シチュエーションなのでは。

けど、ダメだったとき、帰りが死ぬほど気まずい……。

雛形もフった相手の腰に摑まりたくないだろうし。

「告白……したら、女の子として、見てもらえる、かな」

方向性は違うけど、同じことを考えていたことに驚いた。

「そう、かも、な……」

え、告るってこと？

まったくもって歓迎できねえ。そこですんなりオーケーされたらハッピーエンドだ。

「雛形は、その、オンナとして、ソイツに見られたい、と」

俺の確認に、雛形はわかりやすく顔を赤くしてうなずく。

「うん……も、もちろん……」

そりゃそうだよな。ラブのほうの好きだもんな。

現状では友達や知り合いの範囲内に収まっているってことらしい。

「告白したら、ダメでも、意識するかも、って、思って」

「そう、かも、な……」

全然歓迎できないので、さっきと同じ返しになった。

どうしたらいいのかわからず、雛形がもじもじしている。

照れも羞恥も夕日のせいもあってか、余計に顔が赤く見えた。

やめろ、と言うこともできないし、進んでアドバイスをする気にもなれない。

こんなに想《おも》っているんだから、俺が割り込んで「実は――」なんて話しても、やっぱりダメなんだろうな。

雛形のベクトルがこっちに向くことはないし、今までの関係を壊してしまうだろうことを考えれば、今はまだ自重したほうがいい。

「ち、ちなみに、告白はいつのご予定で……？」

「わ、わからない……今かもしれないし――」

「今っ⁉」

「今じゃないかもしれない」

「ええ、はい。今じゃないですね」

今電話で告白して、目の前でオッケーされたら俺はどうすりゃいいんだよ。潮風にさらわれて消えてなくなるぞ……？

「でも、気持ちは、どんどん高まってきてて……」

マジかよ。

恥ずかしそうにつぶやく雛形は、まさしく恋する乙女の表情をしている。

……よし、わかった、そこまで来てしまったんなら俺も腹を括《くく》ろう。

雛形のこの恋がどういう結末を迎えるのかはわからない。

けど、しばらく俺は自重するって決めたんだし、快くとはいかないにしても協力できることはしてあげたい。

気持ちが自然消滅したりフラれたり付き合っても別れたり……そうなってからが俺のターン……のはず。

「隆之介」

「うん？」

「……」

体を改まったようにこちらへ向ける雛形。

夕日に晒《さら》される白い頬《ほお》が、朱に色づいている。

もう騙《だま》されねえ。

この、それっぽい間は、絶対告白じゃない。

「どした？」

そう思っている俺の訊《き》き方《かた》はかなりぞんざいだった。

すぅ、はぁ、と雛形は深呼吸を繰り返す。

もどかしそうに胸元に手をあてて、落ち着かせるようにとんとん、と胸を叩《たた》く。

「あの、ね……」

「おん」

告白の仕方とかタイミングとかそういう相談か？

「私、りゅ――――」

雛形が言いはじめた瞬間、そばの国道からファーッッ！　ファーッッ！　と大型トラックの激しいクラクションが鳴らされた。

俺は首をすくめて国道のほうへ思わず目をやった。

「でっけぇ音……」

びっくりした。

雛形に向き直ると、アドレナリン全開ってな雰囲気で肩で息をしていた。やりきった、みたいな顔をしている。

「あ。ごめん。なんかうるさくて。何の相談？」

相当言いにくい内容だったのは想像に難くない。

唇をぷるぷるさせた雛形は、どんどん膨れていった。

「何でもないっ。もういいっ」

ぷい、とそっぽを向いてしまった。

「何だよ、もう一回言うだけだろ」

「軽々しく言えないっ」

余程言いにくい相談内容だったのか。

「え、何、マジで。……セックスの話？」

もうこれ以外思いつかん。

「最低」

失望を満載した侮蔑の目だった。

「杉内《すぎうち》くんみたいに最低」

言い直した。

雛形の中で杉内はすでに最低だったらしい。

「もー。帰る！　帰る！」

俺は先に立ち上がり、雛形に手を貸そうと腕を伸ばした。

「だな。目的の海も来れたしな。おばさんには、代わりに迎えに行くとしか言ってないし、心配させないうちにそろそろ帰ろう」

「何で帰るの！　まだ帰りたくない！」

「どっちだよ」

言ってることが無茶苦茶《むちゃくちゃ》なことを雛形も自覚したのか、怒っていた表情が破顔し、クスクスと笑いはじめてしまった。

「へんなの。何それ」

俺も釣られて笑った。

「いたいなら、まだいいよ。俺、予定ないし」

「よかった。じゃあまだここにいる」

にこりと雛形が微笑《ほほえ》んだ。

まだ隣にいられるのなら。

しばらくは『恋愛相談をされている幼馴染《おさななじみ》』としてそばにいようと俺は思った。

あとがき

こんにちは。ケンノジです。

あとがきを先に読むとネタバレを食らいます。ご注意ください。

自分の他のラブコメ作品にもこの作品にも言えることですが、まだくっつきません。

はい。まだまだ先です。

でも、大人の事情で二人がいきなりくっつくかもしれません。物理的にも。

作品の性質上、結ばれるイコールゴールなので、どうにか最短ルートを辿《たど》らせないようにしたいところですが、これに関してはどうなんですかね。

精一杯尽力しているつもりなので、二人にとっての紆余《うよ》曲折《きょくせつ》を続けられるようにあとは祈るばかりです。

ただひとつ断言できることがあるとすれば、ハッピーエンドってことです。

これはお約束いたします。

ハッピーエンドって知った上で読みたいって方もどうやら一定数いらっしゃるようなので、宣言しておこうかなと。

バッドエンドを期待して読まれる方はいらっしゃらないと思うんですが。

自分はバッドエンドめっちゃ好きなんですが、個人的な好みは出さないのがお仕事。それはそれこれはこれってことで。

ともかく、終わり方はご安心いただければと思います。

表紙やイラスト全部が素敵で可愛《かわい》いので、今後も長く続くシリーズになればと思います。

どの作者もこぞっておんなじこと言うやん？　って思われるかもしれませんが、キャリア関係なく新作の立ち上げってしんどいんすよ、マジで（本音）。

ネタバレ食らってもここまであとがきを読まれた方は諦めずに是非買ってください！

通常ルートでここまで読んで下さった方は、感謝しかありません。ありがとうございます。続きもご期待ください。

現在放送中のアニメ「チート薬師のスローライフ」というファンタジー作品も書いております。ご興味ありましたら是非こちらも一度ご覧ください。よろしくお願いします。

ケンノジ

幼《おさな》なじみからの恋愛相談《れんあいそうだん》。2
相手《あいて》は俺《おれ》っぽいけど違《ちが》うらしい

著　ケンノジ

角川スニーカー文庫　22765

2021年８月１日　初版発行

発行者　青柳昌行

発　行　株式会社KADOKAWA
〒102-8177 東京都千代田区富士見2-13-3
電話　0570-002-301（ナビダイヤル）

印刷所　株式会社暁印刷
製本所　本間製本株式会社

◇◇◇

Printed in Japan　ISBN 978-4-04-111130-7　C0193

★ご意見、ご感想をお送りください★
〒102-8177 東京都千代田区富士見 2-13-3
株式会社KADOKAWA　角川スニーカー文庫編集部気付
「ケンノジ」先生
「やとみ」先生

角川文庫発刊に際して

角川源義

第二次世界大戦の敗北は、軍事力の敗北であった以上に、私たちの若い文化力の敗退であった。私たちの文化が戦争に対して如何に無力であり、単なるあだ花に過ぎなかったかを、私たちは身を以て体験し痛感した。西洋近代文化の摂取にとって、明治以後八十年の歳月は決して短かすぎたとは言えない。にもかかわらず、近代文化の伝統を確立し、自由な批判と柔軟な良識に富む文化層として自らを形成することに私たちは失敗して来た。そしてこれは、各層への文化の普及滲透を任務とする出版人の責任でもあった。

一九四五年以来、私たちは再び振出しに戻り、第一歩から踏み出すことを余儀なくされた。これは大きな不幸ではあるが、反面、これまでの混沌・未熟・歪曲の中にあった我が国の文化に秩序と確たる基礎を齎らすためには絶好の機会でもある。角川書店は、このような祖国の文化的危機にあたり、微力をも顧みず再建の礎石たるべき抱負と決意とをもって出発したが、ここに創立以来の念願を果すべく角川文庫を発刊する。これまで刊行されたあらゆる全集叢書文庫類の長所と短所とを検討し、古今東西の不朽の典籍を、良心的編集のもとに、廉価に、そして書架にふさわしい美本として、多くのひとびとに提供しようとする。しかし私たちは徒らに百科全書的な知識のジレッタントを作ることを目的とせず、あくまで祖国の文化に秩序と再建への道を示し、この文庫を角川書店の栄ある事業として、今後永久に継続発展せしめ、学芸と教養との殿堂として大成せんことを期したい。多くの読書子の愛情ある忠言と支持とによって、この希望と抱負とを完遂せしめられんことを願う。

一九四九年五月三日